KB055431

길이 없는 곳에도

길은 있다

길이 없는 곳에도 길은 있다
초판 1쇄 발행 2023년 9월 5일

지은이 | 최명숙
펴낸이 | 이미라
펴낸곳 | 도서출판 사도행전
편집 | 기록문화
표지그림·캘리그라피 | 백영란
디자인 | 양선애
주소 | 서울시 강남구 자곡로 180
전화 | 010-6251-3842
이메일 | actsbook29@gmail.com
홈페이지 | www.actsbook.org
카카오톡 | sonkorea
등록번호 | 465-95-00163
공급처 | (주)비전북 031-907-3927

ISBN 979-11-978062-5-4(03810)

책값은 뒤표지에 있습니다. 잘못된 책은 바꾸어 드립니다.

불모지 같은 현실을 온몸으로 안고 장애인 사역을 해온 개척자

길이 없는 곳에도 길은 있다

최명숙 에세이

도서출판 사도행전

추천사

숨 이병창 | 시인

88올림픽 이전의 대한민국에는 장애인을 위한 사회 복지라는 개념이 없었다. 그 시절에는 장애인들이 거의 숨어 지내던 시절이었다. 가온님은 불모지 같은 현실을 온몸으로 안고 장애인 사역을 해온 개척자이다. 그의 천직(天職)은 사람을 살리고 섬기는 일이었다.

나에게 가온님은 강물의 발원지인 옹달샘으로 기억되고 있다. 이 책은 그 옹달샘이 담고 있는 하늘의 이야기이다. 우리는 그 이야기를 통해서 자기 안의 하늘을 찾고 사람이 하늘의 존귀한 자식임을 깨닫게 될 것이다.

이정림 | 《에세이21》 발행인 겸 편집인, 수필평론가

이태준은 수필을 일러 '작자의 심적 나상(裸像)이라 했다. 그래서 수필을 읽으면 글쓴이의 모습이 보인다. 우선 수필을 통해 본 이 작가의 심안은 따뜻하다. 따뜻하기에 편견이 없다. 편견이 없기에 남들은 보지 못하는 것에서 아름다움을 찾아내고, 결핍에서 행복을 찾아낼 수 있는 것이다. 선입관을 가진 독자까지 그 아름다운 동화 속으로 끌어들이는 힘은 필력이 아니라 애정이다.

이 책은 상처를 안고 있는 사람들에게 따뜻한 위로가 될 것이기에 모든 이들에게 권하고 싶다.

이상호 | 공주세광교회 담임목사

최명숙 목사님은 나와 오랜 지인입니다. 장애를 가졌지만, 대할 때마다 전혀 장애를 느낄 수 없었고, 그의 사고(思考) 또한 필명이 '가온'인 것처럼 좌우로 치우치지 않고 건강해서 대하기가 늘 편하고 좋았습니다.

그동안 잘 살아내신 그 삶을 이제 글로 써서 예쁜 책으로 세상에 나오게 되었으니 주님의 일을 하는 동료로서 내 일처럼 기쁜 마음입니다. 가온의 삶이 담긴 이 책을 평범하게 살아온 모든 이들에게 일독을 권합니다.

목차

머리말

가장 낮은 나의 삶을 높은 삶으로 스케치하신 하나님

'나'라는 사람을 보통 사람의 기준에서 생각한다면 마이너스부터 보일 수밖에 없다. 팔, 다리의 성장판 이상으로 저신장(低身長) 장애에다 휠체어를 사용하는 신체적 조건이지만, 유일한 플러스는 가장 낮은 나의 삶을 높은 삶으로 스케치하신 하나님이다.

나는 아무도 예측하거나 단언하지 못한 길을 걸어왔다. 그 길은 어둠 같았지만, 빛이었고, 불행 같았지만, 행복이었으며, 무력하게 보였지만, 능력이었다.

물이라고 해서 모두 물소리를 내는 것은 아니었다. 기암, 절벽, 험준한 바위 모서리, 그리고 흐름을 거스르는 돌쩌귀를 지나 천 갈래 만 갈래로 찢어질 때만이 비로소 힘찬 소리와 눈부신 물살을 만들어 냈다. 나도 한 줄기 폭포처럼 나만의 소리와 아우라로 존재하고 싶었던 바람대로 그분은 나의 삶을 통쾌한 반전의 소리로 이끌어 주셨다.

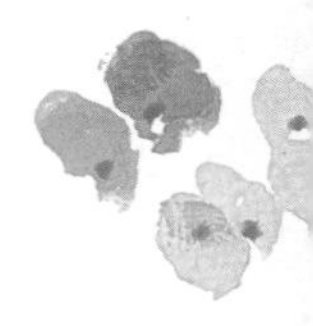

‘나’는 어느 한 시점이나 상황에서만이 아니라 곳곳에서 숨쉬고 있었다. 광야와 같은 빈 들에서, 열악한 시대적 상황에서, 나와 같이 장애를 가진 이들과 울고 웃는 순간을 포함한 모든 내가 ‘나’였고, ‘나’이며, 또한 ‘나’일 것이다.

첫 책을 내면서 바람이 있다면 부족한 글이지만, 기갈(飢渴)한 영혼들과 공감하며 목을 축일 수 있는 옹달샘이 되고 공명하는 한 줄기 바람이 된다면 더 바랄 것이 없을 것 같다.

끝으로 책이 나오기까지 수고해 주신 분들과 여든이 넘은 고령에 중환자실에서 마지막 유언처럼 출간을 권하며 도움을 주신 형부, 그리고 오랜 세월 동안 내 글에 공감과 응원과 격려로 출간을 기다려 준 분들에게 깊은 감사를 드리며 모든 영광을 하나님께 돌린다.

2023년 여름

가온 최명숙

1장

•

빈 들에서도 꽃은 피고

나는 광야의 종이로소이다

그 사람은 차가 들어설 수도 없는 농지(農地)를 '곧 길이 난다'는 말에 속아 사채를 얻어서 매입했다고 했다. 그러나 주변 사람들과 지역 행정기관에 알아본 결과 '그건 도시계획일 뿐이고 그 계획이 몇십 년 후에 시행될지는 알 수 없는 일'이라고 했다는 것이다. 그는 이제는 이자를 감당하기도 힘든데 팔고 싶어도 살 사람도 없다고 하소연했다.

어느 날 우연히 그를 만나 그 이야기를 들은 시점은 공교롭게도 내가 적금을 타기 한 달 전이었다. 부지(敷地)를 마련하기에는 턱없이 부족한 금액이었지만, 그 사람이 받고자 하는 액수와 신기하게도 딱 맞았기에 흥정할 것도 없이 매입하기로 결정했다.

주위에서는 "언제 길이 날지도 모르는 땅인데…"라고 걱정했지만, 당장 공사비도 마련되지 않은 상황이기에 "아무 때든 길이 나는 때가 건축을 할 시기"라고만 말해 뒀다.

이듬해 봄, 그곳을 지나는 길에 사 둔 땅을 다시 한번 보려고 찾아갔다. 딱 한 번 보고 매입한 땅, 차가 들어설 수도 없었던 땅, 그 좁은 농로(農路)에서 차바퀴가 빠져 고생했던 생각을 더듬으면서 가 보니 그곳엔 어느새 2차선의 하얀 신작로가 꿈처럼 나 있었다. 그렇게 빨리 길이 나게 되리라고는 생각지 못했던 내게 그분은 마치 따라오라는 듯 햇살 밝은 길을 기적처럼 보여주셨다.

막막한 빈 들에서도 눈을 감으면 등 뒤에서 나를 감싸고 계시는 그분의 사랑이 눈시울 가득한 눈물로 차오른다. 언제나 그분은 나를 빈 들에서 부르셨다. 때로는 외로움에 가슴이 시리고, 서러움에 연기라도 마신 것처럼 목이 메는 날이면 나는 작은 소리로 묻는다. "또 저에게 무슨 은혜를 주시려고 또 이 빈 들로 부르시는가요?"

벳세다 들녘에 수많은 군중들이 모였지만 "이 광야에서 어디서 떡을 얻어 이 사람들로 배부르게 할 수 있겠습니까?"라는 제자의 말처럼 그곳은 아무것도 기대할 수 없는 광야였다. 그러나 바로 그곳에서 기적이 일어났다.

동반자도 없고 쉴 곳도 없는 여정에 야곱이 돌베개를 베고 외롭고 슬픈 밤을 보냈던 '루스'라고 하는 쓸쓸한 들녘에도 그분은 계셨다. 그때 야곱은 고백한다. "여호와께서 과연 여기 계시거

늘 내가 알지 못하였도다"(창 28:16).

빈 들은 그분의 기적을 체험할 수 있는 조건이며, 계시의 무대이다. 나는 빈 들이 가진 무한한 비전을 바라보면서 봄바람으로 생명을 일으키시는 그분의 기적이 우리가 있는 빈 들에서도 역사하실 것을 믿는다.

논(畓) 중에는 옥답(沃畓)이 있는 반면에 천수답(天水畓)도 있다. 오직 하늘만 바라보는 땅, 하늘의 도움이 있어야만 논의 구실을 할 수 있는 천수답이야말로 나의 선택과는 상관없이 내게 주어진 사역이었다.

앞을 볼 수 없이 막막하지만, 가장 낮은 자세로 하늘을 올려다볼 수 있는 땅이다. 가장 낮은 곳이기에 반비례로 가장 높은 기대치를 가질 수 있고, 이 땅의 물꼬가 아닌 하늘의 물꼬가 있어 행복하다. 햇살이 은가루로 내리는 봄바람 부는 광야에 있노라면 내 영혼 차라리 한 줌 가루로 하얗게 부서져 그분 앞에 소제(素祭)로 드리고 싶어진다.

"나는 광야의 종이로소이다. 때로는 고독하고 힘들지만, 당신이 주신 천수답 같은 사역을 끌어안고 메마른 사막을 가는, 나는 행복한 광야의 종이로소이다."

아름다운 믿음의 사람

건축 현장으로 가는 길은 여러 갈래가 있어 길눈이 무딘 나는 아직도 감을 못 잡을 때가 있다. 조금 빨리 갈 수 있는 지름길도 있고, 호수공원의 순환도로를 타고 돌아가는 드라이브 코스도 있다.

운전하는 성도는 상황에 따라 바쁘지 않을 때는 하늘을 담고 있는 드넓은 호수를 끼고 돌아서 간다. 그럴 때 나는 공사비 문제로 옥죄었던 마음을 내려놓고 벚꽃 가로수와 잔잔한 수면을 바라보며 잠시 마음의 여유를 가져보기도 한다.

가슴이 답답할 때라도 호수의 수면은 봄비가 꿈을 꾸듯 안개처럼 피어오르거나 봄 햇살로 반짝이며 기적이라도 품은 듯 설렘으로 일렁인다. 호수의 수면으로 보이는 하늘은 눈부시지 않아서 좋다. 그것은 눈을 감아도 느낄 수 있는 무한대의 행복이요, 만나지 않아도 서로를 느낄 수 있는 달빛 같은 사랑이다.

신앙을 지키며 산다는 것은 허울적인 말과 행위가 아니다. 우리의 믿음이란 살아가다 보면 현실 속에서 때로 잎만 무성한 무화과나무일 수도 있고 지금은 반짝이지만 언제 떨어질지 모르는 불안한 별자리일 수도 있다.

나는 비록 가진 것 없이 그분의 일을 하고 있지만, 항상 살아계시는 그분의 숨소리를 듣고 있다. 그것은 보이지 않기에 무한대의 소유요, 무엇과도 비교할 수 없는 높은 차원의 행복이요, 감사요 그리고 진한 감동이다.

건축을 통해 하나님께서는 특별히 일꾼을 선택해서 보내 주셨다. 그 집사님이 나와 만나는 날, 불과 몇 시간 전에 그의 아내

베데스다교회 건축착공예배

가 꿈을 꾸었다고 한다. 꿈속에서 그때까지 전혀 관심도 없었고, 생각해 본 적도 없는 장애인들이 보였고, 여성 사역자라는 분이 그들을 데리고 와서 의논할 일이 있다면서 찾아온 꿈이라고 했다. 그 꿈을 꾸고 나서 공사를 맡게 된 그에게 이 공사는 이미 수익을 위한 일이 아니라 하나님께서 맡겨 주신 일이 되었던 것이다.

공사를 시작하기 전에 공사비의 10%도 안 되는 막막한 재정상태를 설명하면서 "그렇지만 믿음으로 공사를 시작하려고 합니다. 그러니 일단 믿음으로 시작하십시오!" 하고 부탁했다. 그때, 전혀 망설이는 기색도 없이 오히려 기다렸다는 듯이(적어도 내게는 그렇게 보였다.) "예! 알았습니다" 하며 벌떡 일어나던 그의 모습은 감동이었다. 그리고 내게 부담을 주지 않으려고 IMF로 인한 어려움 속에서도 그는 모든 것을 혼자 감당하며 묵묵히 공사를 진행해 나갔다.

잡초가 무성하던 240평의 작은 밭을 커다란 기계가 기초 공사를 위해 흙을 산더미처럼 퍼 올리고 있는 그곳에 가면 숨이 차오르는 뿌듯함과 함께 행복한 부담으로 가슴이 터질 것처럼 두근거린다.

흙 한 삽도 직접 뜰 수 없는 내게 영광스러운 부담을 안겨 주심이 너무도 큰 은혜이기에 건축 공사장에 가면 나는 옷에 묻은 흙마저도 소중해서 함부로 털어 버릴 수가 없다. 그분이 하시는 일이다. 성역(聖役)이다.

나는 그분의 종으로서 세상의 어떤 권력이나 재력이나 체력을 가진 자 앞에서도 얼마든지 당당할 수 있지만, 이토록 아름다운 믿음 앞에서는 한없이 작아진다. 오늘 나는 봄 햇살에 반짝이는 호수에서 생명의 봄을 모든 이에게 보내고 싶다. 우리가 가는 길이 때로 힘들고 막막하더라도 봄비에 부푼 흙처럼 항상 설렘으로 움트기를 기원하면서….

내가 울었던 사연들

복더위가 시작될 즈음 식당 공사를 했다. 휠체어를 사용하는 척추장애인들이 방바닥에 내려앉았다가 다시 휠체어에 올라앉는 문제는 그렇게 간단한 문제가 아니다. 1년 이상을 힘들게 바닥에서 복잡하게 공동 식사를 해오다가 여름 수련회를 앞두고 드디어 식당 시설을 완비했다. 완비라고 해야 마당 한쪽에 시멘트 블록으로 만든 창고 수준이지만, 그래도 천막보다는 낫지 싶다.

출입문도 앞뒤로 두 개나 넓게 만들고 내부도 넓어서 휠체어 사용도 편리해졌다. 이 공사를 기뻐하듯 식당 앞의 무궁화도 때를 맞춰서 하얗게 피었다. 그러나 내게는 감사하다는 것만으로는 끝낼 수 없는 내면의 착잡함과 아무도 모르게 쌓이는 아픔이 있었다.

공사비도 갚지 못한 입장에서 식당 시설이 필요하니 당장에 공사를 시작하라고, 여름 수련회는 어떻게든 해야 하니까 안 되면 천막이라도 쳐달라고 생떼를 쓰는 내 모습은 나 자신부터가 싫었다. 그리고 그럴 때는 과연 이것이 내가 추구한 삶이었는지 회의가 느껴진다. 이게 그분의 사역인가? 이런 내가 그분의 종이라고 할 수 있는가?

사역 초기에 뇌병변 장애인 형제가 있었다. 그는 심한 안면근육 이완으로 항상 침을 흘려 악취가 심하고 언어장애로 말은 못했지만, 어려운 문제로 의논할 일이 있으면 손가락으로 바닥에 한 자씩 글씨를 써서 소통하는 형제였다.

언젠가 식사 중에 찾아온 그 형제를 아버지께서는 국에다 밥을 말아서 먹여 주셨다. 그 형제는 꾸룩꾸룩 요란한 소리를 내면서 일부는 넘기고 일부는 줄줄 밖으로 흘리고 혹은 뿜어내기도 했다. 그래도 아버지는 마치 전쟁이라도 치르듯이 그 형제에게 밥 한 그릇을 다 먹여 주셨다. 나는 물론 안쓰럽기도 했지만, 한편으로는 비위가 상하는 걸 참고 견디다가 그날 밤 끝내 다 토해내고 말았다. 그런데 그렇게 토하다 보니 눈물이 나와서 펑펑 울고 말았다. 그 밤에 내가 앓았던 것은 몸이 아니라 마음이었다.

그분의 종이라고 하면서 그 정도로 작은 일도 견디지 못하는 자신이 너무 부끄럽고 싫어서 토하고 토하면서 서럽게 울면서 기도했다. 그런데 그 후로는 신기하게도 그 악취가 역겹지 않았다. 그것은 땅을 기던 애벌레가 작은 나비가 되어 돌부리에 걸리지 않고 그 위를 나는 것 같은 평안이었다.

몇 해 전 감꽃이 노랗게 떨어지던 여름날, 영성 수련에서 지렁이를 손바닥 위에 올려놓는 과정이 있었다. 머리로는 이미 고정관념에서 벗어났다고 생각했는데 막상 그런 실기(?)를 하게 되니 눈앞이 캄캄했다. 보기만 해도 징그러운 지렁이를 손바닥 위에다 올려놓고 그 꿈틀거리는 감촉을 피부로 느끼라니!

흙에서 꺼내 온 지렁이는 내 차례가 되자 몸에 묻은 흙이 빨갛게 다 벗겨진 채로 유난히 더 꿈틀거렸다. 나는 도무지 자신이 없어 자존심을 버리고 진행자를 붙잡고 사정을 했지만 거절당했다. 그 순간, 나 자신을 향해 분노가 치밀었다. 그동안 살아오면서 힘들고 견디기 어려웠던 때가 얼마나 많았던가? 또 앞으로도 어떤 어려움을 만나게 될지 모르는데 이렇게 작은 미물(微物)도 만지지 못하면서 어떻게 그런 일들을 이겨나갈 수 있겠는가?

나는 비장한 각오를 하고 손바닥으로 지렁이를 받았다. 그리고 그 꿈틀거리는 감촉을 보고 느끼면서 어떤 일을 만나더라도 이겨나갈 수 있는 강한 사람으로 살기를 원했다.

우리가 기원하는 이유는 스스로 이루어갈 수 없는 그 무엇 때문인지도 모른다. 그리고 그것은 그분의 사랑을 믿는 특권이다. 그 사랑을 느끼며 눈을 감으면 가슴에 가득 차고 넘치는 매미 소리만으로도 이 여름은 행복하다.

숨이 막히는 무더위에 마당에서 꽃이 피고 열매를 맺어 가는 신비를 만나는 것은 생활 속의 환희다. 노란 꽃받침 아래 작은 줄기가 오이로 자라나고, 작은 꽃들이 떨어지면서 콩으로, 고추로, 방울토마토로 열리고 있다. 옥수수는 이 더위 속에서도 겹겹으로 싸인 채 비밀스레 여물어가고 있다.

오늘처럼 내가 넘어져 울고 있는 자리에서 누군가 이렇게 말해 주는 것 같다. '그분 안에서의 넘어짐은 힘찬 비약을 위한 것'이라고….

부자 아버지

진행성 근육이완 장애를 가진 서 목사님이 교회를 개척했다. 그의 아버지인 서 장로님은 재력이 있는 분이어서 진행성 중증 장애를 가진 아들의 소원대로 교회당을 그림처럼 예쁘게 건축을 해주었을 뿐만 아니라 내부시설을 비롯하여 비품 하나하나까지 완벽하게 마련해 놓고, 불편한 아들을 부축하고 나오는 모습은 눈시울을 뜨겁게 했다.

그날, 나는 우리 베데스다교회 창립 예배가 떠올랐다.

13평 서민 아파트를 예배당으로 삼아 집에서 사용하던 허름한 좌식 탁자 하나만 갖다 놓고 창립 예배를 드렸는데, 실내에서부터 현관과 문 밖까지 화분들이 줄줄이 가득한 창립 예배가 아니라 화분 한 점 없이 좁은 방 두 개에 터지도록 사람들로만 가득한 창립 예배였다.

오는 사람마다 화분보다는 헌금이 나을 거라는 생각으로 모두 헌금으로만 준비했기 때문이다. 당시에 나는 화분이 있는지 없는지조차 의식하지 못했다. 축사를 맡았던 분(부시장)이 "아무리 작은 행사에도 화분 몇 개쯤은 다 있는데, 오늘 이 행사에는 화분 하나가 없는 걸 볼 때…"라는 말을 듣고 비로소 알았지만, 중요한 문제가 아니기에 신경이 쓰이지 않았다. 그런 상황에서 축하 화분은 좁은 공간에서 오히려 불편하고 사치일 수밖에 없었다.

그렇게 창립예배를 드리고 난 후, 사람들은 모두 돌아가고, 밥을 떠서 먹여 줘야 하는 중증장애를 가진 자매들만 남았다. 각오는 했었지만, 그 순간 겁이 덜컥 나면서 정신이 번쩍 들었다. 그러나 나만 믿고 있는 자매들은 오히려 들떠서 웃고 떠들었다. 그동안 집에 갇혀서 지내다가 나와서 함께 생활하게 된 일이 설레고 즐거운 것 같았다.

나는 자매들이 옷을 갈아입는 것과 씻는 일을 도와주고, 연탄불을 갈아서 저녁밥을 해서 먹였다. 저녁 기도회를 드리는 시간까지 돕는 것은 내 체력의 한계를 넘은 노동이었다. 그리고 그동안 연탄을 보기만 했던 나는 연탄이 그렇게 무겁다는 사실을 그때 처음 알았다. 그리고 검은 연탄과 하얗게 연소된 연탄의 무게의 차이가 생각보다 크다는 것도 그때 알았다.

교회 건축 후 입당예배

이튿날 아침에도 정신없이 움직이면서 예배 준비와 함께 나는 부활절 달걀까지 준비했다. 그러나 그 부활절 예배를 드리면서 나는 자꾸만 흐르는 눈물을 주체할 수가 없었다. 내가 그런 일을 해낼 수 있다는 사실이 놀라워서, 아니 그런 일을 할 수 있게 하신 은혜가 감사해서 눈물이 나왔다. 그래서 그날 부활절 예배는 눈물의 예배가 되었다.

내게 주어진 노동의 무게보다 중요한 것은 시간이었다. 시간만 넉넉하게 주어진 일이라면 얼마든지 감당할 것 같았다. 그래서 당시에 나는 내게는 하루에 48시간을 주시라고 기도했다. 공부를 해서 리포트도 작성해야 했고, 재가 장애인을 찾아 심방도 해야 했으며 애경사에도 가야 했다.

당시 순서를 맡아 주셨던 목사님들은 훗날 이렇게 말씀하셨다. “지금이니까 하는 말이지만 그때, 창립 예배를 드린다기에 마지못해 가서 순서를 맡기는 했지만, 솔직히 저런 사람이 어떻게 그 어려운 일을 하겠는가, 몇 달 못 가겠지 생각했었네….” 그 목사님들뿐 아니라 아파트 융자금에다가 생활비와 운영비가 필요했지만, 아무도 후원하는 이들이 없었다. 나중에 들려오는 말은 “일을 할 만한 사람이 해야 후원하지… 두어 달이나 가면 오래 갈 텐데 그런 데다가는 후원을 할 수 없었다”고 했다.

지금 생각해도 불가사의한 일은 그런 여건에 열악한 신체적 조건으로 어떻게 교회를 개척하겠다고 생각했는지, 그 자신감, 그 배짱, 그 용기가 어디서 나왔는지 나 스스로도 모를 일이었다.

주위에서는 “교회를 하려면 땅을 조금이라도 빌려서 조립식으로라도 예배당 형식을 갖추고 시작해야지 아파트에서 교회가 되겠느냐?”고 했지만, 중증장애인의 생활과 병행해서 시작하는 일이기에 적어도 아파트와 같이 생활시설을 갖춘 장소가 아니면 불가능했던 우리의 속사정을 하나님은 아셨을 것이다.

지금도 감사한 것은 어떤 절망적인 여건에서도, 세상이 모두 나를 인정하지 않고 버렸다 할지라도 하나님께서 계시기에 낙심하지 않고 매진할 수 있는 믿음을 내게 주신 것이다.

“먼저 그의 나라와 그의 의를 구하라 그리하면 이 모든 것을 너희에게 더하시리라”(마 33장).

"약한 것들을 택하사 강한 것들을 부끄럽게 하려 하시며… 이는 아무 육체라도 하나님 앞에서 자랑하지 못하게 하려 하심이라"(고전 1:27-29). 내게 주신 말씀들은 연약하고 절망적인 나를 붙들어 주는 힘이었다.

부자 아버지의 은혜를 입어 아름다운 교회당을 건축하고 창립한 서 목사님에게 바라는 것은 눈앞에 보이는 부자 아버지로 인해 혹시라도 진짜 부자인 하늘 아버지를 잊어버리는 일이 없기를, 그리고 아무리 주위에서 도와준다고 해도 자신이 감당해야 할 몫이 따로 있음을 알아야 한다. 때로는 겟세마네에서 핏방울과 같은 땀방울을 흘리며 가야 하는, 아무도 이해할 수 없는 외롭고 고독한 길이 있음을 기억해야 할 것이다.

지금은 철쭉꽃, 배꽃, 사과꽃, 앵두꽃 등이 흐드러지게 피어 감미로운 5월의 공기와 어우러졌지만 5년 전, 이곳에 하나님의 기적으로 건축했던 당시에는 오동나무 한 그루의 보랏빛 초롱꽃만 곱디고운 꽃잎을 떨구고 있었다.

지금도 그 꽃을 보고 있노라면 내 사역에 역사하신 진짜 부자인 내 아버지로부터 느꼈던 그 눈물겨웠던 감동을 잊을 수 없다.

여행,
또 하나의 선물

단체로 떠나는 여행이라고는 하지만 그래도 스스로 가방 하나 들 수 없는 신체적 조건으로 혼자 3박 4일의 일본여행을 떠나기까지는 나름대로 용기가 필요했다. 그러나 구더기가 무서워도 장을 담그겠다는 결단으로 실행에 옮겼다.

인천공항에서 이륙한 아시아나 항공기는 일본 나리타공항에 착륙했다. 일본 3대 항구(요꼬하마, 오오사카, 고베) 중 하나인 요꼬하마의 습하고 강한 바닷바람 속에서 썬캡으로 아예 얼굴을 다 가린 채 차이나타운과 공원 등으로 돌아다녔다.

차이나타운 거리에서는 아이들처럼 군밤을 받아먹으면서 다녔고, 하늘 높이 뿜어져 오르는 공원 분수 벤치에 쌍쌍이 얽혀 있는 젊은이들을 보며 우리나라가 아닌 외국임을 실감하기도 했다.

후지산이 반사되는 가와구찌 연못(모두가 화산 폭발로 인하여 천연적으로 만들어진 연못)이 있는 가와구찌 호텔에 묵으며 연못에 반사된 후지산과 아침에 일어나 연못 너머로 보이는 후지산을 감상했다.

화산 폭발로 생긴 산으로 언제 또 폭발하여 피해를 입게 될지도 모르는 위험을 안고 있는 산을 일본인들은 신성시하여 그 산을 화폭에 담는 일에 일생을 바치는 화가와 그 산을 촬영하는 일에 일생을 바치는 사진작가들도 있다고 했다.

후지산은 일본의 3대 길몽(후지산, 독수리, 가지)에 속하며 지금도 산에 오르면 여기저기에서 하얗게 연기가 오르고 있다. 거기에서 구웠다는 껍질이 까만 달걀은 한 개를 먹으면 수명이 3년 연장된다는 말과 함께 팔리고 있었다.

차로 오를 수 있는 한계인 산 중턱까지 오르니 세차게 부는 찬바람에 머리가 온통 갈래갈래 흐트러지고 날려 어쩔 수 없이 가게에 들어가 모자를 하나 사서 쓰고 신사(神社)들을 몇 군데 카메라에 담았다. 등록되지 않은 신사만도 헤아릴 수 없이 많은 유난히 종교심이 강한 일본인들, 그러나 어디에도 교회당 십자가는 찾아보기가 어려운 그 땅에서 나는 문득 사도 바울이 아테네 시민들에게 한 말이 생각났다.

그들의 강한 종교심이 '알지 못하는 신에게'라고 쓴 단까지 만들어 섬길 정도였던 것처럼(행 17:22-23) 일본인들은 자기들의 취향대로 생활 곳곳에 수많은 신사들을 만들어 놓고 인생만사를 거기에 빌면서 살아가고 있었다. 모든 것을 신으로 만들어 섬기는 그들의 신앙을 보면서 나는 참으로 엉뚱하게도 '그곳에 예수 신사(?)를 만들어 놓고 선교를 하면 어떨까?' 하는 상상을 하기도 했다.

동경으로 들어서자 습한 바람 대신 건조한 가을 햇살이 한결 개운했다. 고가도로로 동경 시내를 돌아보고 밤에는 젊은이들의 거리라는 신주쿠 거리에 들어서니 긴 머리를 묶고 액세서리를 파는 남성, 초미니스커트 차림의 아가씨들이 물결을 이루었다. 우리는 붐비는 그 거리의 인파를 헤치면서 다녔다.

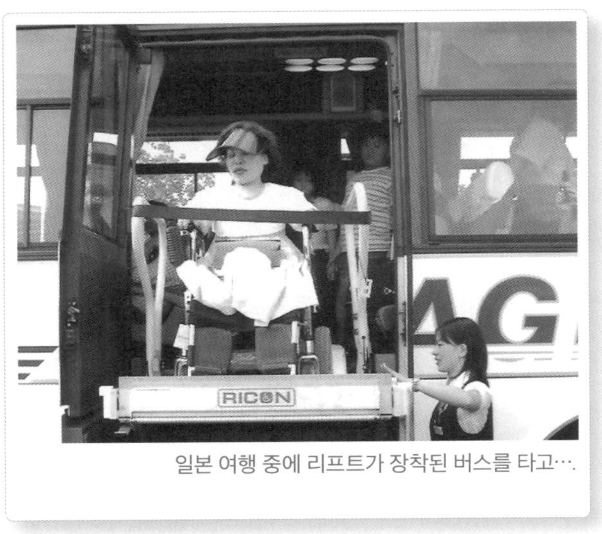

일본 여행 중에 리프트가 장착된 버스를 타고….

천황이 산다는 황궁 앞 넓은 잔디밭은 소나무들이 일품이었는데, 그 소나무 그늘마다 노숙자들이 누워 있었다. 그들은 일하지 않고 유효기간이 끝나가는 식품만으로 살아간다고 한다. 햇살 아래 늘어져 있는 그들의 모습을 보며 그들이 추구하는 삶은 무엇일까를 잠시 생각하고 있을 때, 벤치의 여학생들은 천연염색 개량 한복을 입은 내 모습을 가리키며 '조센?' 하면서 저희들끼리 이야기들을 하고 있었다.

문명국이지만 건물구조들이 작았고, 아파트 베란다마다 지진이 날 위험 때문에 새시를 하지 않은 걸 보면서 '건물처럼 혹시 그들의 사고도 타이트한 건 아닐까?' 잠시 생각했다.

한군데 둘러본 복지 시설도 자동문과 자동 목욕 기계 등 편리하게 기계화는 되어 있었지만, 노약자들의 생활공간에 자연 친화적인 정서적 환경이 조성되지 않아 삭막한 점이 마음에 걸렸다. 쓰다 보니 부정적인 면만 말한 것 같지만 일본인들은 검소하고 예의가 바른 사람들이었다.

여행하는 동안 휠체어 리프트가 있는 버스로 다녔는데 하루에도 몇 차례씩이나 내리고 오르는 일을 도우면서도 기사와 안내양은 늘 상냥한 태도를 잃지 않았다. 안내양은 처음에 리프트로 휠체어를 내리고 오를 때마다 일본어로 하다가 다음부터는 한국어책을 사서 공부를 했다면서 "올라갑니다" "내려갑니다" 하며 깍듯이 안내했다. 그 "올라갑니다" "내려갑니다"가 '반대로 자칫 나올 수도 있지 않을까?' 쓸데없는 걱정도 했지만, 그녀는 한 번도 실수하지 않았다.

피곤하고 지칠 무렵, 그리고 우리 땅이 그리워질 무렵, 여행은 끝나고 그리움의 날개라도 단 것처럼 귀국했다. 여행이란 시작할 때에도 설렘과 기대로 행복하지만 끝날 때도 돌아가고 싶은 그리움으로 행복하듯이 이 세상 여행도 그렇지 않을까 생각해 본다.

본향을 의식하며 살아가는 사람이라면 이 세상 여행이 때로는 기쁘고 고달프더라도 때가 되면 귀소본능을 가진 동물들처럼 본향을 그리워하며 하늘을 보게 될 것 같다.

이 가을, 하나님께서는 나에게 여러 가지 은혜와 함께 여행이라는 또 하나의 선물을 주셨다.

속살

이 땅에 육신을 입고 있는 한 끝까지 홀몸으로 살 줄 알았고, 또 그럴 거라고 단언을 해왔다. 그러던 내가 푸른 잎들이 단풍으로 물들기 시작하는 2004년 10월, 51세의 나이에 많은 이들에게 충격과 놀라움을 안겨 주며 전격적인 결혼을 하게 되었다.

그 사건(?)은 나 스스로도 실감이 안 되어 한동안은 내가 '나' 아닌 다른 사람으로 착각할 정도였으니 다른 이들의 입장도 충분히 이해할 수 있는 일이다. 그렇게 결혼이라는 새로운 출발을 통해 나는 그분 안에서의 또 하나의 새로운 사역을 부여받았다. 사실은 내심 그러한 결단을 위해 기도하는 마음으로 일본 여행을 떠났던 것이다.

신체적 장애라는 열악한 여건에서 치열하게 살아온 삶 자체가 그분 안에서 감당해온 하나의 사역이요, 주의 일을 한다고 부대껴 온 것이 목회 사역이라면 새로운 사역은 '부부'가 되어 이루어가야 할 가정 사역이라고 생각한다.

늦은 나이에 더 많은 사역을 맡은 것 같기도 하지만, 그동안 두 가지 사역을 내 삶에 마련해 주시고 감당하게 하신 그분은 새로운 사역 또한 감당케 하실 것을 믿는다.

결혼하기 전부터 피곤한 내 몸을 마사지해 주는 신랑이 거의 누구에게도 보이지 않고 살아온 신체적 콤플렉스인 내 다리와 발을, 내 마지막 자존심을 감싸 주듯이 따뜻한 손으로 졸음을 참아가며 정성껏 마사지해 줄 때, 나는 하나가 되어가는 것이 어떤 것인가를 알 수 있었다.

두 개의 공예품을 접착시켜 하나로 만드는 작업을 보면 맞붙는 부분의 코팅을 사포질로 완전히 벗겨낸 다음 속살이 나온 부분에 접착시켰다. 예수의 삶을 사는 우리도 그분 앞에서 코팅된 껍질을 벗고 모든 것을 내보이는 고백으로 하나가 되어 그분의 생명으로 숨 쉬며 살고 있듯이(요 12:26) 두 사람이 부부라는 인연으로 하나가 된다는 것도 그와 같다는 사실을 알게 되었다.

내 삶의 이러한 새로운 변화가 내 사랑하는 교회 지체들에게도 힘과 기쁨이 되기를 바라며 늘 감사와 은혜 가운데 살아가는 노서운 님의 아름다운 글로 마치려 한다.

목사님의 결혼식 | 노서운

지난 토요일에 우리 가족이 다니는 베데스다 교회 최명숙 목사님의 결혼식이 있었다. 내가 최 목사님을 알게 된 지는 이제 겨우 1년 남짓이지만 결혼 발표를 듣는 순간 나는 그 누구보다도 놀라움을 감추지 못했다.

그것은 그분이 여느 교회의 평범한 목사님과는 다르게 자신의 장애를 극복하고 또 다른 장애인들을 위한 아름다운 봉사의 삶을 살고 계시기에 그 삶이 소중한 열매로 맺어짐에 참으로 기쁘지 않을 수 없었다.

시각장애아인 아들 이삭이와 이제 5개월 된 쌍둥이까지 있어 외출을 거의 못 하는 실정인 우리 가족이지만, 딸 이다와 친정엄마의 도움을 받아 목사님의 결혼식에 참석할 수 있었다. 그 어느 때보다도 휠체어를 타고 오거나 각기 다른 여러 종류의 장애를 가진 하객들이 아주 많은 결혼식이었다. 그러나 그들의 장애는 너무도 당당하고 아름답기조차 했다.

신랑 신부의 입장은 참으로 감동적이었다. 곱게 머리를 올리시고 화사한 한복을 단아하게 차려입으신 모습으로 휠체어에 오르신 아름다운 목사님을 뒤에서 묵묵히 밀고 오시는 멋진 신랑의 환한 미소는 장애의 아픔을 가진 모든 사람들에게 용기와 희망을 심어주는 아름다운 모습이었다.

내게 있어 베데스다교회가 아름다운 이유는 평범한 비장애인들 가운데 보석처럼 빛나는 장애인들이 있어 서로 아무런 편견 없이 함께할 수 있는 이유 때문이다. 이제 소중한 동반자의 삶을 살게 될 두 분의 삶을 통해 장애의 아픔을 가진 더 많은 사람들이 베데스다를 찾아올 수 있도록, 더욱 따뜻하고 사랑이 넘치는 교회가 되도록 반석처럼 단단한 디딤돌이 되어줄 것이라는, 믿음과 소망을 가져 본다.

목사님의 결혼 발표가 있던 날, 목사님의 어머니께서 내게 이런 말씀을 하셨다. 장애를 가진 딸을 바라보며 늘 불안하고 안타까웠는데 이제는 지금이라도 눈을 감을 수 있겠다고…. 장애를

결혼식 때 장애인 사역자들과 함께

가진 자녀를 둔 부모의 심정은 당사자들만이 알 수 있으리라.

나는 그 말씀을 들으면서 가슴으로 깊이 공감했다. 지금 내 옆에서 잠든 눈이 안 보이는 아들 '이삭'을 바라보며 이 아이보다 내가 먼저 눈감고 세상을 떠나는 일이 없게 해달라는 말도 안 되는 기도를 드리며 눈물을 흘린다.

나는 행복한 사람

12년 전에 '아기는 어떻게 해서 생기느냐?'고 묻던 총명하고 천진스럽기만 하던 지선이가 이번 겨울에 시집을 갔다. 신랑은 5년 전에 인터넷에 내가 올린 글을 보고, 흰 고무신을 신고 경상도에서 전라도까지 꽃다발을 들고 찾아왔던 총각인데, 장가를 보내 달라는 조건으로 나를 '장모님'이라고 부르며 따르다가 진짜 사위가 된 것이다.

교회당을 건축하고 나서 처음으로 혼례식을 올리는 날, 읍장실에서 접견용 안락의자를 빌려다가 양가 부모님 앉을 자리를 마련하고, 예배당은 색색의 풍선과 테이프로 장식했다.

그동안 여러 쌍을 결혼시켰지만 내가 직접 주례한 결혼식은 이번이 처음이었다. 물론 목사가 설교하는 거야 당연한 것으로 지금까지 어디에서든 당당하게 해 왔지만, 주례 문제로 받았던 상처

이후로는 무의식적으로 움츠러들었다.

얼마 전 장애인 성도 한 사람이 결혼을 앞두고 주례 문제로 갈등을 겪었다. 반드시 내가 주례를 해야만 하는 문제도 아니었고, 내가 그것을 원하지도 않았건만, 그는 그 일로 인하여 어떤 경우에도 자신은 결코 교회를 떠나지 않겠노라고 스스로 했던 맹세를 깨고 교회를 떠났다.

10여 년 동안 온갖 어려움에도 굴하지 않았던 나는 그때 처음으로 '목회'라는 사역을 내려놓고 싶었다. 내가 그토록 사랑했고 자랑스럽게 생각했던 성도가 그러한 갈등으로 교회를 떠났다는 사실이 내게는 옛날, 신학교 면접시험에서의 실격보다 더 비참했다.

그 일이 일어난 후, 결혼하는 조용철과 심지선 커플은 마치 나를 주례하게 하려고 결혼하는 것처럼 "우리 결혼식은 꼭 목사님이 주례를 해주셔야 합니다"라고 했다. 그러나 힘든 일을 겪은 상황이라서 극구 사양했다. 그러나 그럴수록 더 완강한 그들의 요구에 결국 응하고 말았다. 나는 그 주례에 내 영력의 한계, 그 이상을 그분께 간구했고 내 신체적 장애를 보완하고도 남을 최고의 주례를 해주고 싶었다. 그리고 그들의 아름답고 용기 있는 결단이 그분 앞에 향기롭고 소중한 제물로 드려져 그들의 평생에 신체적인 장애로 인하여 상처받는 일이 없기를 기도했다.

그 후로도 지선이는 그때 참석했던 하객들 사이에서 주례가 훌륭하고 은혜로웠다고 얼마나 칭찬이 자자한지를 틈틈이 내게 전해 주고 있다. 지선이는 내가 물을 주어 기른 꽃 중에서 가장 예쁘게 피어난 위로의 꽃이었다.

생활공동체를 위한 준비를 하고 있지만, 건축 공사비를 해결하지 못한 상황에서 공동체 운영을 위한 예산을 세우기는 힘들다는 생각으로 일단 운영을 미루었던 나에게 건축을 맡았던 집사님은 "목사님, 공사비에 대해서 신경 쓰지 마시고 소신껏 할 일을 하십시오. 공사비는 안 받아도 괜찮으니까 공사비에 매여서 해야 할 일을 못 하시는 일이 없도록 하십시오"라고 말했다.

대출 등으로 공사를 해 놓고, 이자도 안 되는 액수를 조금씩 받으면서도 공사비에 대해서 언급을 안 해온 그의 그 의연한 신

앙은 이 시린 겨울에 다시 내게 감동으로 전해졌다. 그렇게 내 사역의 길에 늘 어려움으로 만나는 걸림돌들을 그분은 오히려 은혜를 받을 수 있는 디딤돌로 바꿔 주셨다.

"보시옵소서 주께서 내게 이 백성을 인도하여 올라가라 하시면서 나와 함께 보낼 자를 내게 지시하지 아니하시나이다"(출 33:12)라고 내가 목메어 기도하는 자리에서 "내가 친히 가리라 내가 너를 쉬게 하리라"(출 33:14)고 대답하시는 그분의 음성을 나는 지금도 듣고 있다.

유난히도 춥고 눈이 많이 오는 이 겨울 속에서 신비롭게 봄기운이 일렁인다. 겨울 대기의 속살처럼 눈을 감고 영혼의 오관을 열어야 느낄 수 있는 그 미세한 일렁임은 그리움 같은 빛깔을 띠고 잔잔한 파문으로 번져간다.

"이스라엘이여 너는 행복한 사람이로다 여호와의 구원을 너같이 얻은 백성이 누구냐…"(신 33:29).

어둠의 질곡을 넘어서

언니는 어릴 때부터 나를 업고 다니기를 좋아(?)했다. 사춘기가 넘어갈 무렵에는 유심히 쳐다보는 사람들의 눈길이 너무 싫어서 나는 등에 업힌 채 살그머니 사람들이 없는 쪽으로 얼굴을 돌리기도 했는데 언젠가 언니가 그것을 느꼈는지 약간 화가 난 듯이 "고개 돌리지 마! 네가 무슨 죄라도 지었니?" 하는 바람에 나는 정말 죄라도 지은 것처럼 바짝 움츠러들었던 적도 있었다.

교회당을 건축하던 당시 한적한 시골이었던 이곳에서 혼자 생활하던 어느 날, 초가을 햇볕 아래를 지나는 동네 어르신들의 대화가 오순도순 들려왔다.

"명절 쇠러 오셨나 보네요."

"네, 산소도 좀 둘러보려고요. 모두들 별일 없으시지요?"

"네, 뭐 특별한 일이야 없지요. 그런데 여기에 이렇게 교회가 생겼어요."

"아, 그러네요."

"참, 잘 지었어요…. (그리고 비밀스럽게) 그런데 이 교회 목사님이 여자 목사님이라네요."

"아, 그려요?"

나는 가을볕이 따사로운 창가에서 나도 모르게 다음에 이어질 내용을 예상했다. 여자 목사님인 사실도 놀랍지만, 이러저러한 장애까지 가졌다는 이야기가 분명히 이어질 것이기 때문이다. 그런데 예상외로 대화는 다른 이야기로 이어지면서 어르신들은 멀리 사라져가고 있었다.

왜? 충분히 화제가 될 만한 그 내용이 빠졌을까? 그러나 어쨌든 그날 나는 나를 그냥 '여자 목사님'으로만 얘기했던 분들이 고마웠다. 지금도 아는 분들의 소개로 찾아온 사람들이 종종 "목사님이 장애를 가졌다는 얘기는 못 들었다"고 말한다. 목사라는 것 외에 장애를 가졌다는 사실이 중요하지 않아서였을까? 어쨌든 그렇게 가끔 나는 '장애인'이라는 수식어가 빠진 '그냥 목사'가 되기도 한다.

우리 교회 성도 중 오히려 장애를 가진 이들이 간혹 장애인 목사를 회피하는 경우가 있지만, 지금 교회 생활을 열심히 하는 성도 중에는 목사가 장애를 가졌다는 사실에 대해 편견이 없다. 그러한 사실 하나만으로도 이들은 얼마나 진취적이고 멋진 사고

의식의 소유자들인지 모른다. 모두 이런 의식을 가진 사람들만 있다면 장애인교회가 있어야 할 이유도 없었을 것이다.

시를 써서 '어느 날 아침 눈을 떠보니 갑자기 유명해졌더라'는 19세기 영국의 시인 바이런은 미남으로도 알려졌는데, 어릴 때부터 한쪽 다리를 저는 장애인이었다. 시인으로서 남달리 감수성이 예민했던 그는 거리를 가다가도 아름다운 여성이 다가올 때면 그 여성이 자기 옆을 스쳐 멀어질 때까지 한 발자국도 걸음을 옮기지 않았다. 그때마다 바이런의 얼굴은 옆에서 보기 민망스러울 정도로 붉게 물들어 있었다고 한다. 지금 그의 아름다운 시를 칭송하는 사람은 많지만, 그가 다리를 절었다는 사실을 아는 사람은 많지 않다.

세계적인 천재 음악가 베토벤이나, 19세기 낭만파 시인 바이런이나, 미국 대통령 루즈벨트나, 천재적인 물리학자 스티븐 호킹처럼 내 사랑하는 이들의 이름 앞에도 장차 신체적 약점을 가리키는 호칭 대신 얼마나 빛나는 대명사가 붙게 될지는 아무도 모를 일이다.

가을은 찬연한 일렁임이다. 곱디고운 단풍 속에 있노라면 내 몸도 하나의 잎새처럼 투명해져 빨갛고 노란빛으로 물들어가는 느낌이다. 가전제품들의 전원을 꺼버린 것 같은 고요와 어쩌면 첫눈이 몰려올 것 같은 맑은 정적 속으로 계절은 그렇게 깊어가고 있다.

내 동생이니까요

내가 태어날 때 언니는 겨우 다섯 살이었다고 한다. 언니는 그 여리고 작은 몸에 떡두꺼비처럼 우량아였던 나를 늘 업혀 달라고 졸랐다고 하는데 어른들이 "아이고, 너는 날도 더운데 너보다 큰 아기를 왜 힘들게 업고 다니면서 땀을 흘리느냐? 아기 좀 그만 내려놓아라"고 할 때마다 언니는 "내 동생이니까요!"라고 새침하게 대답했다고 엄마는 말씀하셨다. 그때부터 언니는 오랜 세월을 참으로 많이 나를 업고 다녔다.

언니가 학교에 입학하자 나는 혼자 햇살이 하얗게 쏟아지는 마당에서 언니가 오기만 기다렸다. 그러던 어느 날, 집 앞을 가로지른 개울만 건너면 언니가 있는 학교에 갈 것 같아서 개울만 바라보던 나는 어느 날 드디어 옷까지 적셔가며 그 개울을 건너는데 성공했다. 그러나 막상 건너고 보니 학교도, 언니도 보이지 않고 끝없이 나 있는 막막한 길만 보였다.

다시 되돌아 개울을 건널 수도 없었던 나는 큰 소리로 울었고, 엄마는 눈물로 범벅이 된 얼굴을 씻겨 주면서 "어디 가려고 개울을 건넜느냐?"고 물으셨다. 나는 서럽게 흐느끼며 언니가 보고 싶어서 학교에 가려 했다고 대답했는데, 저녁에 엄마에게 그 이야기를 들은 언니는 기분이 좋았는지 숙제를 하면서도 자꾸만 웃던 모습이 생각난다.

아무런 시스템도 없었고, 가진 것도 없던 우리의 어린 시절에는 고무줄 하나로, 또는 땅에 금을 긋고 돌멩이를 차거나 술래잡기 등으로, 놀이터도 없이 좁은 골목에서도 불평 한마디 없이 놀았다. 아니, 불평 대신 오히려 시끌벅적한 아이들의 소리가 온 동네를 생기로 채웠고, 곳곳마다 사람의 온기로 훈훈했던 시절이었다.

나는 몸이 자유롭지 못해 직접 뛰어놀 수는 없었지만, 언니가 데리고 다녔기에 그래도 간접적인 체험을 할 수 있었다. 언니는 친구들에게 늘 내 자랑(무슨 자랑이었는지 기억은 할 수 없지만…)을 했기 때문에 나는 언니 친구들과도 친해졌고, 크리스마스에는 눈사람을 그린 예쁜 카드를 받는 정서를 누리기도 했다.

비교적 모범생이었던 언니는 부모님의 걱정을 사는 일이 별로 없었는데, 여학교를 다닐 때, 책을 좋아하는 나를 위해 '한국단편문학전집'을 부모님 허락도 없이 덜컥 들여놨던 일이 있었다.

덕택에 나는 책을 잘 읽었지만, 언니는 할부금이 끝날 때까지 엄마의 꾸중을 듣던 기억이 난다. 그 후, 교사 발령을 받은 후에는 마치 한(恨)을 풀듯이 나를 위해서 세계문학전집 등을 사들였다.

최근에도 내 글을 읽고 보내 주는 짧은 답글에서 나는 언니의 사랑을 느낀다.

"너의 글을 읽을 때마다 나 혼자만 읽기에는 너무 아까운 마음이란다. 그만큼 어떤 글보다 너의 글은 나에게 소중하단다. 네가 쓴 글을 모든 이들에게 다 보내고 싶지만, 상대방이 어떻게 생각할지 몰라 아무한테나 보내지는 않는단다…."

이해관계나 감정 등으로 인해 오히려 가까운 이들과 화목하기가 어렵기에, 예수께서도 그런 감정을 초월하라는 의미에서 이웃을, 더 나아가 원수를 사랑하라고 하셨을 것이다.

언니는 사회적으로 드러나게 박애나 봉사 활동을 하는 사람은 아니었지만, 나에게만은 늘 따뜻하고 희생적이었다. 물론 감정적으로 부딪치기도 하고 다툴 때도 있었지만, 그런 사소한 감정들이 우리의 끈끈한 사랑과 연민을 뛰어넘은 적은 없었다.

어릴 때부터 늘 "내 동생이니까요!"라면서 나를 감싸왔던 언니의 그 한마디에는 '사랑한다'는 피상적인 말보다 엄숙한 책임감과 결단의 의지가 담겨 있음을 느낀다.

돌이켜보면 내게 유아기부터 청소년기까지 함께 소통하며 정서를 공유할 수 있었던 언니가 있었기에 그 힘든 상황에서도 숨을 쉴 수 있었던 것 같다. 만일 자매이면서 때로는 친구이기도 했던 언니가 없었다면 그 암울함과 절망, 그리고 외로움을 내가 혼자 어떻게 견디었을까?

세월이 갈수록 무심히 지나쳤던 수많은 계절과 모든 인연이 빛처럼 찬연하고 보석처럼 소중해진다. 그리고 언니는 내 삶에 있어서 그 존재와 생각만으로도 다사로운 봄볕이고 아지랑이다.

길이 없는 곳에도 길은 있다

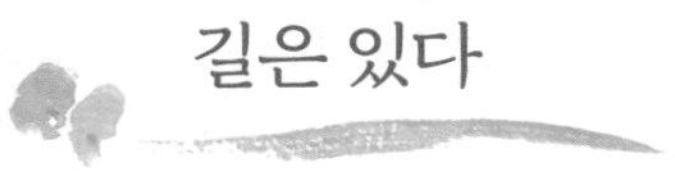

여름이 이렇게 고운 빛살무늬로 시작될 즈음이면 막막하기만 했던 지난날들이 생각난다. 천근 무게로 짓눌러오던 삶의 무게 속에서 작품 속의 세계와 세상의 모든 아픔을 함께 앓던 시절이었다. 책 속에서 익어갔던 그 가슴 벅차던 여름, 책은 폭발할 것같이 포화 상태가 된 가슴을 삭힐 수 있었던 유일한 길이었으며, 방황했던 마음의 도피처였다.

지금도 느껴지는 여름날, 뒷마당으로 난 작은 창으로 불어오던 바람, 봉숭아와 맨드라미가 흐드러진 담장 밑, 이끼 낀 땅과 풀잎의 눅눅한 바람결과 장독대에서 뿜어내던 열기, 그 속에서 더위와 함께 내 소녀 시절이 행복으로 익어가던 무렵이었다.

돌이켜 보면 막막했던 그 시절에도 그분은 나름대로 길을 주셨고, 행복을 주셨다. 그리고 그 후로 지금까지 길이 막혔다고 느낄 때마다 길을 주셨다.

선교 활동을 시작할 1986년도 당시에 행사를 위하여 스폰서를 모아야 할 때 하필 그 직전에 장애인 한 분이 후원하는 이들을 실망하게 한 사건으로 인해 장애인에 대한 인식이 최악인 상태였다. 그래서 기독교 단체들이 장애인이 하는 일에는 절대로 후원하지 않기로 결의함으로 생각지도 않게 스폰서를 모으는 일이 막막해졌다. 전혀 예상치 못했던 일이었다.

"이 지역에서는 우리 두 기독교단체의 후원 없이는 어떤 일도 할 수 없다." 그리고 "당신이 체력이 있느냐, 재력이 있느냐, 권력이 있느냐 뭘 믿고 우리처럼 능력 있는 사람들도 못 하는 일을 하겠다고 하느냐?" 이런 말들로 내가 나가고자 하는 길을 막고, 죽은 듯이 있도록 숨을 막고 힘이 빠지도록 기를 눌렀다. 겉으로는 담담했지만, 사실 그때 나는 도저히 일어날 수 없도록 온몸의 기운이 빠져 있었다.

휠체어를 탄 채 초겨울 비가 내리는 거리를 울면서 가다 보니 빗물인지 눈물인지 모르게 온몸과 얼굴이 온통 젖어 엉망이 된 날도 있었다. 그러나 마침 그날이 수요일이어서 동행과 함께 집 근처에 조립식으로 세워진 작은 개척교회로 들어갔다.

처음으로 들어간 낯선 교회, 시간도 늦어 예배는 거의 끝나가고 있었다. 게다가 그 교회를 개척한 전도사님은 부재중이었으며, 대신 예배 인도를 했던 집사님은 금융단 신우회원이었다.

예배 후에 차를 나누며 인사할 때 그분은 자기도 선교회를 시작하는 중이라고 하면서 서로 상부상조하자고 했다. 그 후 그가 시작한 금융단선교회에 우리를 초대하면서 우리가 계획한 행사의 첫 번째 후원단체가 되었다. 그리고 그 선교회를 기점으로 이 지역의 직장연합신우회로 연결되면서 그 '두 단체'가 아니어도 생각지 못했던 다른 길을 통해 우리 행사는 성공적으로 이루어졌다.

막힌 곳에서 길을 열어 주시는 분, 그 후로도 그때 그 만남의 역사가 이루어졌던 자리를 지나다 보면 당시의 기억이 되살아나고, 길이 막혀 절망에 빠졌던 나에게 길을 주셨던 그분의 사랑에 눈시울이 뜨거워진다.

길이 없는 곳에 길을 만드시는 분이 함께하신다면 우리 앞길에 어떤 장애물이 있어도 역사하지 않으시겠는가? 우리에게 '영생의 길'을 마련하신 분이 우리에게 '갈길'을 주시지 않겠는가? 앞이 보이지 않는 상황이라도 이스라엘 백성들 앞에서 홍해를 가르고 바다 가운데로 길을 만드신 분 안에서라면 길이 없는 곳에도 분명 길은 있다. 저녁 안개가 솔숲을 자욱하게 감쌀 때쯤이면 흐드러지게 피어난 장미의 향기도 진해지면서 문득 잊었던 그리움처럼 뻐꾸기가 운다.

좋은 세상 만들기

중증장애인이 전동휠체어를 탄 채로 이동해 혼자서도 자유롭게 활동할 수 있게 하는 장애인 콜택시 운행은 참으로 편리하고 필요한 제도이다. 이러한 제도가 각 지자체마다 운행이 될 정도로 복지가 향상되었다. 하지만 지역에 따라서 10년 동안이나 민간단체에 위탁하므로 파생된 비리들이 속속들이 밝혀지고 있다.

매년 4억 7천만 원의 지원금에다 이용자들에게도 요금을 받으면서도 마치 시혜자가 수혜자에게 권력을 행사하듯 그들은 온갖 갑질을 해왔다. 그렇게 폭언, 욕설 등으로 인권을 말살당하면서도 이용자들은 당장 차편이 필요했기에 그런 모멸감을 참아낼 수밖에 없었다.

견디다 못해 민원을 제기하려고 찾아갔다. 하지만 사무실이 2층이라 전동휠체어로 들어가지도 못한 채 냉대를 받고 나올 수밖에 없었다. 게다가 상처에다 소금을 뿌리는 격으로 오히려 그 중증장애인을 업무 방해로 고소해서 경찰서에 가서 조사를 받게 한 일까지 발생했다.

이러한 일들은 장애인의 인권을 무시하고 꼼짝 못 하게 눌러 놓겠다는, 어쩌면 그들 나름대로 저급한 대처 방안이었는지 모른다. 하지만 오히려 그러한 태도가 문제를 더 확대하는 결과를 가져왔다. 조사가 시작되자 그동안 문서 조작까지 하면서 운영해 온 각종 비리들이 상한 생선 속을 파헤치는 것처럼 벗기면 벗길수록 냄새를 풍기고 있다.

이러한 사실이 신문과 방송 등 매스컴을 타고 공개되었고, 이러한 근거로 시장에게 민원을 올리기도 했다. 시청에 이어 도청에서까지 기자회견을 하면서 시에서 직영해 주기를 촉구했다. 하지만 계속해서 또 다른 민간단체에 위탁하겠다는 뜻만 나타내고 있다. 이렇게 악순환을 이어가려는 지자체의 안일한 태도에 이용자들은 다시 분노하여 일어날 수밖에 없었다.

지자체 측에서는 하나의 골치 아픈 일 처리에 불과할지 모른다. 하지만 다른 이동수단에 대한 선택의 여지가 없는 중증장애인으로서 시간에 맞추어서 수강하고, 직업상 여러 가지 활동과 함께 살아가면서 급박한 일을 만날 수도 있는 이용자의 입장에서는 순간순간마다 피부에 와 닿는 절박함이 아닐 수 없다.

장애인 콜택시가 운영되는 이유는 전동휠체어로 활동할 수밖에 없는 중증장애인의 이동권을 위한 것이지 지원금과 각종 비리로 수익을 챙기는 수탁운영자를 위한 것이 아님을 지자체는 분명히 알아야 할 것이다.

반드시 바로 잡아야 할 일이라면 벽에 부딪쳤다고 해서 포기하리라는 착각을 해서는 안 된다. 포기하는 대신 오히려 본격화가 된다. 이제 이용자들은 장기전을 위해 베데스다선교회에 사무실을 두고 '장애인콜택시이용자협의회'를 구성했다.

이러한 일들이 아직은 계란으로 바위를 치는 것처럼 무모하고 힘들어 보일 수도 있다. 하지만 희생적인 각오로 임하는 헌신적인 노력과 함께 우리의 간절한 기도와 눈물을 보시는 주님 안에서라면 장애를 가졌다고 해서 부당하게 짓밟히는 일이 없는 좋은 세상이 꼭 이루어질 것을 확신한다.

오늘 밤에는 벌레 소리가 유난히 투명하다.

길 위에서

자동차 회사에 다니는 지인이 영업사원 시절, 사고가 나서 보상 문제로 상대방과 심하게 다툰 일이 있었다고 한다. 그는 그 후, 1년 여가 지난 뒤에 누군가의 소개로 차를 구입하겠다는 사람을 찾아갔다. 그런데 공교롭게도 하필이면 심하게 다퉜던 바로 그 사람이었다.

두 사람은 만나자마자 다시 얼굴을 붉히면서 "나 당신한테는 절대로 차 안 사!" "아, 당신이었어? 나도 당신 같은 사람한테는 안 팔아!" 그리고 팸플릿을 가지고 도로 나왔다고 한다. 그러나 다음 순간 차 한 대를 팔고 안 파는 계산적인 문제를 떠나서 이런 경우는 업무상 상황에 패배하는 행동이라는 생각이 들어 그는 망설이다가 용기를 내어 다시 들어가 먼저 손을 내밀면서 화해를 했고, 두 사람은 결국 구매인와 판매인 사이가 되었다고 한다.

그렇게 지혜롭게 고비를 넘겨 가며 열심히 해 그는 그 후, 관리직으로 승진을 해서 16개 지점을 책임 맡은 위치에 있으며 지금도 그의 주위에는 늘 친구들이 많은 걸 보게 된다.

내 사역의 여정에도 비슷한 일들이 있었다. 사역 초기에 행사를 위해 스폰서를 구해야 했는데 전에 이 지역에서 장애인 사역을 했던 사람들의 좋지 않은 이미지로 인해 모두 문을 닫고 노골적으로 거부했다. 어떤 이는 자신이 겪었던 실망스러운 일들에 대한 한(恨)이라도 풀려는 듯, 한 시간 가까이 말을 쏟아냈다. 그러고 나서 앞으로는 절대로 장애인들이 하는 일에 협력하지 않겠노라고 굳은 표정으로 단호하게 거절했다.

기분 같아서는 당장 나오고 싶었다. 그러나 하고 싶은 말이 많다는 그 이면에는 관심이 있음을 뜻하기도 하기에 그분이 내게 하는 말들을 다 들은 후에 "…결코 다시 후회하는 일은 없을 것입니다"라고 한마디 하자 조금씩 마음이 누그러지면서 결국 그분은 작으나마 행사를 위한 스폰서가 되어 주었다. 1985년 당시 3만 원의 스폰서는 돈의 액수를 떠나 3백만 원보다도 큰 성과였다. 인간관계에 있어 한 사람과의 석연치 않은 관계를 회복하는 것은 백 명의 지지자를 얻는 것보다 크기에 나는 지금도 그때 일을 가슴에 담아두고 있다.

길을 갈 때 넘어지게 하는 것은 아주 하잘것없는 작은 돌부리일 때가 많다. 우리가 걷는 길은 평탄한 대로만이 아니다. 비바람과 눈보라와 뜻하지 않은 돌풍이 몰아칠 때도 있으며 높은 산이 있는가 하면 험난한 계곡도 있고, 건너야 할 물도 있다. 그래도 우리는 참고 견디며 간다. 그렇게 가만히 있기만 해도 세월은 가기 때문이다.

나의 삶을 소중하게 여기는 이들은 오늘날까지 얼마나 애썼느냐고 말들을 한다. 그러나 나는 다만 선택한 길을 포기하지 않고 걸어온 것뿐이며, 그 길에서 그분의 사랑과 은혜를 체험한 것뿐이다.

때로는 중단하고 싶을 때도 있었고, 그냥 주저앉아 버리고 싶을 때도 있었다. 하지만 비틀거리다가 넘어졌을 때 세상에서 아무도 나의 짐을 함께 지고자 하는 사람은 없음을 깨달았다. 그때 처음 가시면류관을 쓰고 십자가에 못 박힌 그분을 눈물겹게 바라보았다.

목을 길게 떨군 채, 피를 흘리며 나를 바라보는 그분은 "보아라. 네 짐을 내가 대신 이렇게 지고 있지 않느냐? 너는 평안하여라"고 말씀하셨다. 그분은 우리가 인생이란 길 위에서는 마치 에스컬레이터를 탄 것처럼 그냥 가만히 기다리기만 해도 해결해 주신다.

앞으로도 내 걸음은 그렇게 계속될 것이다. "형제들아 나는 아직 내가 잡은 줄로 여기지 아니하고 오직 한 일 즉 뒤에 있는 것은 잊어버리고 앞에 있는 것을 잡으려고 푯대를 향하여… 달려 가노라”(빌 3:13-14).

문득 올려다본 하늘에는 시리도록 파란 달이 차가운 하늘을 가로질러서 바쁘게 가고 있다. “어, 달이 막 가고 있네”라고 하자 남편은 “달이 가는 게 아니라 구름이 가고 있지”라고 말한다. 아, 나는 이 나이까지도 아직 착시현상에서 벗어나지를 못하고 있다. 지금도 우리는 길 위에 있고, 우리의 걸음은 이 길 위에서 역시 견디며 기다리는 것이다.

2장

•

행복을 누릴 줄 아는 사람들

조 서방 이야기

조 서방은 경상도 시골 총각이다. 진주에서도 더 깊이 들어가는 사천면 작팔리에 살던 그는 내가 양딸을 삼은 심지선과 결혼을 하면서부터 내게는 사위가 되어 개인적인 명칭은 '조 서방'이 되었다.

그는 지금 우리 공동체의 일원인 동시에 일을 맡은 직원이며, 개인적으로는 한 아내의 남편으로, 그리고 10월에 돌을 앞둔 딸의 아빠로 날마다 바쁘게 움직이고 있다. 까무잡잡한 피부색 때문에 나한테 '필리핀 농부'라는 별명을 얻었지만, 아이를 업고 일하는 모습은 마음을 짠하게 한다.

항상 웃는 얼굴로 사람들을 편안하게 하는 그가 신앙생활을 시작한 지는 얼마 안 되지만 오늘은 금요기도회에서 했던 그의 간증을 들어보기로 한다.

"저는 어릴 때부터 교회에 대해 부정적인 생각을 가지고 자랐습니다. 어머니께서는 남묘호랭게교를 믿으셨고 큰 누님은 불교 신자인 데다가 교회 옆에 사는 작은 누님은 교회에 대하여 좋지 않은 이야기들을 들려줬습니다.

중학교 다닐 때 친구 따라 교회에 간 적이 있는데 "믿지 않으면 지옥에 간다. 일단 믿어 보면 안다"는 말을 들으면서 나는 속으로 '그럼 갓난아이가 죽어도 지옥에 가겠네요? 아기가 무슨 잘못이 있어서… 그리고 지금까지 교회를 모르고 죽어간 수많은 사람들은 다 지옥에 가겠네요?' 하면서 너무 불공평하다는 생각을 했습니다.

7년 전, 인터넷에서 4시간에 걸쳐 기독교 토론방의 글을 읽었는데, 주된 내용은 기독교 비판이었습니다. 이미 교회에 대하여 부정적인 생각을 가졌던 제가 그 글을 읽었으니 더욱 교회를 부정적으로 볼 수밖에 없었습니다. 그러면서 간디 선생님의 말씀을 생각했습니다. '예수님은 좋다. 그러나 기독교인들은 싫다. 기독교인들은 예수님을 닮지 않기 때문이다.' 그러던 중 1995년 8월 15일 인터넷으로 목사님을 처음 알게 되면서 저의 변화는 시작되었으며 장애인신앙수련회에서 보았던 장애인들은 모두가 행복해 보였습니다.

종교를 통해 어렵고 힘든 사람이 꿈과 희망을 갖는 것을 보았고, 더욱이 앞을 보지 못하는 분들로부터 행복하다는 말을 들었습니다. 그 후로 목사님과 계속 통화하고 목사님의 글을 받아 보면서 기독교에 대한 잘못된 생각들을 고쳐 가기 시작했습니다.

유일신 사상은 그동안 내가 알고 있었던 것처럼 하나님의 이기주의가 아니라 눈에 보이는 것들로부터 해방되는 진정한 구원임을 깨달았습니다. 그 후, 두 달간의 무전여행을 하나님의 보살핌으로 무사히 마쳤으며, 추위에 떨던 나에게 여러 교회가 문을 열어 주고 친자식처럼 반겨 주었습니다.

경상도 진주에 살았던 저는 마음은 있으나 거리상 군산에 있는 베데스다교회에 다니지 못하고 행사 때만 한 번씩 참석했는데, 그때마다 목사님께서는 가까운 교회에 다니라고 하셨습니다. 그러나 나는 왜 그래야 하는지 이유를 몰랐기에 그냥 "차차 다니지요"라고 얼버무렸습니다.

많은 것을 체험하고 싶었던 시절, 종교에 관심을 가지고 절에도 가보고 다른 종교로부터 유혹을 받기도 했지만, 거기에 현혹될 수 없었던 것은 목사님께서 내게 하신 "조용철씨는 언젠가는 꼭 교회에 다닐 사람으로 나는 믿고 있는데…" 이 말씀을 믿고 간직했기 때문입니다. 그래서 저는 어디 가서든지 당당하게 언젠가는 꼭 교회에 다닐 것이라고 밝혔습니다.

그 후, 하나님은 목사님을 통해 믿음의 이유를 스스로 찾게 하셨습니다. 내가 교회에 다니는 것은 하나님을 의지하며 예수님을 닮은 사람으로 살기 위해서입니다. 아들답게, 이웃답게, 아버지답게, 성도답게 하나님의 형상을 닮고 하나님을 아버지로 섬기는 아들답게 살기 위해서입니다. 하늘의 뜻으로 1년 전 심지선 씨와 결혼해 딸을 낳고 살면서 목사님의 훌륭하신 모습을 더욱 깊이 알게 되었고, 남다른 점들을 보게 되었습니다.

문학적인 면에서, 역사적인 면에서, 그리고 현실 속에서 하나님의 가르침을 전하시는 목사님은 저에게 본보기이며 자랑거리입니다. 믿음의 이유를 설명해 주시고, 정해져 있는 정답(定答)이 아닌 정답(正答)을 찾으라고 가르쳐 주십니다. 혼자 설교하고 '아멘!'으로 마치는 설교가 아니라 질문하고 생각하게 하는 설교를 하십니다. '수요성서연구'는 성경의 내용을 과거의 사건이 아니라 현재 나에게 일어난 일로 가정을 하고 체험해 보는 깊이 있는 연구입니다.

또 한 가지 목사님의 남다른 점은 다른 종교는 전도의 대상이지 타도의 대상이 아니라며 우리의 문화를 사랑하고 다른 종교를 비방하지 않고 오히려 다른 종교나 경전에서도 배울 점들은 받아들이는 것입니다. 장애인의 현실과 사회의 문제들을, 그리고 선진국일수록 기독교가 쇠퇴해 가는 현실과 그 이유를 숨김없이 바로 이야기할 수 있음은 목사님의 용기와 지혜로움이라고 생각합니다. … (중략) ….”

논에는 벼가 익어가고 밭에는 작물들이 익어가는 모습들도 보기 좋지만, 심령들이 익어가는 모습은 더욱 흐뭇하다. 보랏빛 노을 길을 따라 도토리가 떨어지는 숲길로 들어섰다. 오늘 밤에도 나는 해맑은 달의 시원한 웃음을 볼 것 같다.

여름 숲에서 나무가 되어

무덥고 긴 장마 동안 여름 숲에서 나무의 소리를 들었다. 우기(雨氣)가 서린 날이면 속울음을 삭이는 그들의 침묵을, 바람이 불고 비가 쏟아지는 날이면 몸부림치며 울부짖는 소리를, 그리고 매미 소리와 함께 햇살이 눈부시게 빛나는 날이면 나른한 기쁨으로 자지러지는 전율도 느끼면서 그들의 곁에 있노라면 나도 그렇게 초록빛 숲의 혼을 가진 나무가 되어 함께 울고 웃고 싶어진다.

한 그루 나무 곁에서도 그들의 소리를 들을 수 있는 것처럼 살아가면서 가까이 있는 이들의 삶을 소리로 듣고 몸으로 느끼게 된다. 이제 막 걸음마 연습에 재미를 붙인 딸 민영이 때문에 모처럼 외식을 하러 나간 자리에서 식사도 하지 못하고 허리를 굽힌 채 계속 걸음마를 시키고 있는 조 서방의 모습을 보노라면

'가시고기 아빠'가 생각난다.

자폐 성향이 있는 아들을 위해 자신의 삶을 기꺼이 연소하고 있는 내 동생은 일곱 살이지만 아직 세발자전거도 타지 못하는 아이를 올 여름내 저녁마다 집 근처 운동장에서 두 발 자전거를 타는 연습을 강훈련으로 시켰다.

다리와 발을 움직이지 않는다고 발과 다리를 때리고, 허리에 힘주지 말라고 허리를 때리면서 강훈련을 시키노라면 산책하는 사람들이 애 어른 할 것 없이 쳐다보고 개중에는 아예 지켜 서서 구경하는 아이들까지 있었다.

마음이 유난히도 여려서 음악과 그림 그리기를 좋아하는 녀석이 저녁마다 사람들 앞에서 그렇게 온갖 수모와 망신을 당해오던 어느 날, 처음에는 조금 흔들리다가 자세가 잡히면서 드디어 녀석은 해냈다.

자전거를 타고 운동장을 달리는 모습을 보고 엄마는 환호하며 박수를 쳤지만, 뜻밖에도 아이는 서럽게 엉엉 울었다. 그렇게 눈물을 펑펑 쏟으며 자전거를 타고 계속 달렸다. 드디어 성공했는데 왜 울었을까? 아이가 기쁨의 환호 대신 목 놓아 울 수밖에 없었던 이유는 무엇일까?

아이의 엄마는 그동안 억눌러온 서러움이 터졌기 때문일 거라고 했지만, 그것으로 아이의 마음을 다 읽었다고 할 수는 없을 것이다. 내가 나름대로 나무의 소리를 듣고 사랑하는 이들의 마음을 이해하려고 노력해도 그 역시 온전히 이해할 수는 없는 것과 마찬가지다.

그날 저녁, 어두워지는 운동장에서 아이와 엄마는 서로 붙들고 기쁨인지 슬픔인지 모르는 통곡을 했다. 이런 모습과 소리와 느낌들도 우리가 살아 낸 한 여름날의 빛깔로 남을 것이다.

살아가면서 자신의 몸과 마음조차도 알지 못하는 우리가 무엇을 얼마나 지각(知覺)할 수 있을까? 그러나 '우리의 장부(臟腑)를 지으시고 모태에서 우리를 조직하시고 우리의 형질이 이루기 전에 우리를 보신'(시 39:13-16) 그분이 함께하신다는 사실은 참으로 무한한 비전과 은총이 아닐 수 없다.

연일 푹푹 찌는 무더위에 온몸은 온통 물로 녹아내리는 것 같아도 솔산에 비낀 노을은 여전히 아름다운 이곳, 여름 숲에서 나도 한 그루 나무가 되어 때로는 긴긴 속울음으로, 때로는 물빛처럼 찰랑이는 기쁨으로 글을 쓴다.

하늘을 보는 사람들

이 겨울, 내가 쓰는 글에는 박하 향기같이 상쾌한 산 공기와 눈빛 같은 신선함을 담을 수 있으면 좋겠다. 그리하여 내 소리는 한 줄기 바람에도, 풀잎 하나의 흔들림에도 은구슬로 떨어지는 이슬방울처럼 투명한 울림이기를 바란다.

추운 겨울에도 나름대로 조화를 이룬 공동체 가족들은 평화롭다. 민영이네 가족도 잘 있고, 할아버지, 할머니 권사님도 잘 계시고, 투 클러치를 사용하면서도 무슨 일이든지 잘 해내는 적극적이고 능력 있는 박철호 형제와 항상 웃는 얼굴인 김진하 자매 외에도 새로운 지체들도 모두 겸손하고 밝아서 모이기만 하면 밝은 분위기가 된다.

식당에는 손재주가 뛰어난 H집사님이 자동차 타이어 휠(wheel)로 만든 장작 난로가 벌겋게 타면서 훈훈한 벽난로의 분위기를 연출해 주고, 한쪽 벽에는 조 서방이 천장 높이까지 쌓아 놓은 장작더미가 보기만 해도 부자가 된 것 같다.

행복과 불행의 상관관계는 어두운 밤하늘과 별빛의 관계와 같아서 어둠을 보는 자는 불행하지만, 별빛을 보는 자는 행복하다. 그러나 성숙한 신앙은 두 가지를 다 볼 수 있는 사람일 것이다. 오늘 내가 어두운 하늘과 별빛을 동시에 보는 것처럼 내가 있는 자리에서 늘 하늘을 볼 수 있으면 좋겠다. 그래서 넓이만 재는 삶이 아니라 깊이도 느낄 줄 아는 삶이기를 바란다.

나무가 이동하지 않고 한자리에 있어도 싹을 틔우고 꽃을 피우고 열매를 맺으면서 자기 존재의 역할을 충만하게 이루어가듯이 나도 그렇게 하늘을 의식하며 살고 싶다.

어릴 적 밖에서 늦도록 놀다가 언니 등에 업혀서 집에 돌아오던 밤, 하늘의 둥근 달이 머리 위로 우리만 따라오는 걸 보고 신기하면서도 가슴이 뿌듯했던 기억이 난다. 그러나 그날 밤에 하늘을 바라본 아이들은 저마다 자기의 달을 가지고 돌아갔을 것이다.

어디서든 자기가 있는 자리에서 하늘을 제대로 볼 수 있다면 그 자리가 우주의 중심이 될 것이며, 이 순간의 의미를 깨닫는다면 지금이 역사의 중심이 될 것이다. 나는 만일 이 땅에서 내 날개가 길게 자라고 활동 범위가 무한대로 넓어지는 일이 일어나더라도 반드시 하늘에 축[軸]을 두고 시간과 공간을 초월하는 삶이기를 바란다.

금방 눈이라도 몰아 올 것처럼 앞에 보이는 솔산이 뿌옇게 흐려지고 아득하게 흔들리는 나뭇가지들은 먼 전설 속의 슬픔처럼 쓸쓸하게 일렁인다.

눈 소식과 강추위 소식이 들려오고 있는 지금은 눈보다 마음이 먼저 젖어 들고 기온보다 가슴이 먼저 시려온다. 그러나 어디서든 우리가 하늘을 볼 수 있다면 하나의 우주 속에서 서로가 공명하는 울림이 되어 그리움처럼 만나게 될 것이다.

여기가 천국 지금이 행복

맑은 날이면 햇살이 은가루로 쏟아지고, 젖은 날이면 솔산을 뿌옇게 감싸는 비안개가 가슴을 적신다. 그리고 아침 경건회를 시작할 때마다 새순처럼 탐스럽게 자라는 민영이가 활짝 웃으며 두 팔을 벌리고 달려와 안기는 아침 인사가 하루를 행복하게 한다.

오늘은 그중에서도 행복을 뻐꾸기처럼 노래하므로 나를 울린 심지선 집사의 글을 소개한다.

등 긁어주는 여자 / 심지선

어젯밤에도 긁었다. 내 신랑은 수시로, 특히 밤에 등 긁어 주기를 요구한다. 손톱이 없는 내 신랑을 위해 등긁이를 준비해 두지만 항상 내가 긁어 주기를 원한다.

힘이 없는 내 손이지만 그래도 시원한가 보다. 등이 가려우면 유난히도 몸부림을 치기에 한밤중에도 일어나 등을 긁어 준다.

졸릴 때는 짜증도 나지만 너무 착한 내 신랑에게 짜증을 낼 수 없다. 손톱이 없어 시원하게 긁을 수 없을 때 본인은 얼마나 답답할까 생각하면 더더욱 시원하게 긁어주고 싶다.

내 신랑의 등을 긁어주면서 이런 생각을 해본다. 손톱이 없이 태어난 그이는 마음에도 손톱이 없어서 생전 남에게 상처를 주지 않는가 보구나. 그런데 나는 어떤가, 남에게 그리고 착한 내 신랑에게 내 마음의 손톱으로 많은 상처를 주면서 살아왔다.

하나님이 내게 주신 이 귀한 손톱을 바르게 사용하지 못하고 살았음을 회개한다. 그리고 주님이 허락하신다면 평생 그이의 가려운 곳을 긁어 주면서 오래오래 그이 곁에 있고 싶다. 내게 많은 사랑과 도움과 가르침을 주는 그이에게 나도 무언가 되고 싶다.

등 긁어 주는 아내, 마음까지도 시원하게 해주는 아내, 등을 긁고 있노라면 스르르 잠이 드는 착한 내 신랑을 보면서 주님께 감사한다. 이렇게 착한 사람을 내 신랑으로 주셔서, 내가 무엇이기에 이토록 큰 은혜를 주시나, 손톱의 일부가 없는 우리 딸도 아빠를 닮아서 착하게 자라기를 기도한다.

신기하게도 나는 그이가 내 등을 긁어 줄 때가 가장 시원하다. 나는 내 신랑의 손톱 없는 손에 길들여졌나 보다. 내 마음도 그이처럼 착하고 순수하고 진실하고 투명하게 길들어지기를 기도한다.

내 삶의 기쁨과 감사 중 하나는 사랑하는 그이, 고마운 그이를 위해서 손톱을 깎을 때 짧게 깎질 않고 조금 길게 깎는 것이다.

오동나무에서 보랏빛 초롱꽃이 떨어지고 뻐꾸기 소리가 또렷해질 무렵, 아직도 우리가 강아지라고 부르는 아롱이는 새끼를 낳고 엄마가 되었다.

부안 진서를 지나다가 토속 별미 음식점 '신사와 호박'에서 식사를 하게 되었을 때 중년 부부로 아주머니가 '호박'이고, 아저씨가 '신사'라서 음식점 이름을 그렇게 지었노라는 재미있는 이야기를 들었다. 그 집의 잔디밭에서 뛰노는 예쁜 강아지들을 보고 한 마리 사겠다고 했더니 그냥 선물로 드리겠노라는 주인아저씨(역시 신사!)의 호의로 이제 겨우 젖을 뗀 아롱이를 얻어 가지고 왔다.

그 아롱이가 지난 3월에 조 서방의 표현대로 음양의 이치(?)를 깨달아 하얀 진돗개 다롱이와 짝짓기를 하더니 5월에 구슬 같은 새끼를 6마리나 낳은 것이다. '아직도 강아지처럼 폴짝거리는 철없는 아롱이가 엄마 노릇이나 제대로 할 수 있을까?' 했지만 한 마리도 실패하지 않고 여섯 마리를 알뜰하게 기르는 모습이 얼마나 대견한지 모르겠다. 이러한 아롱이의 모습이 부러워 자기에게도 아이 주시기를 기도했다는 진하 자매는 그 기도의 응답으로 입덧을 시작했다.

물이 창일(漲溢)한 앞 논에서 황소개구리가 우는 저녁, 장미는 장미로, 수선화는 수선화로 피는 '여기'가 천국이고 '지금'이 행복이다.

꽃은 꽃으로 피고

장미의 핏빛 꽃망울이 아픔으로 터지는 유월의 저녁, 꽃내음과 풀내음의 어우러짐 속에서 뻐꾸기 소리가 들린다. 뻐꾸기 소리뿐만이 아니라 휘파람을 짧게 네 음(音)으로 끊어 내는 새도 있어, 나는 그 새를 그냥 '휘파람새'라고 부른다.

밤이면 '부–욱 부–욱'거리는 황소개구리 소리와 밤공기 속에서 알싸하게 피어오르는 진한 숲의 향기 등 자연이 주는 감미로움에 젖다 보면 이러한 모든 것들이 사람의 즐거움과 유익을 위해 존재하는 것으로 착각할 때가 있다. 그러나 사실 꽃은 사람을 위해서가 아니라 자기 종족을 번식하기 위하여 피고, 새도 종족 번식을 위하여 소리를 내지만 그러한 모습 자체가 우리에게 기쁨과 행복을 주는 것이다.

진정한 자기중심적 우주관은 이기적으로 상대를 약탈하고

파괴하는 것이 아니라 자기로 인하여 모든 것을 살리는 것이다. 그런 의미에서 창세기 1장 28절의 "땅을 정복하라", "모든 생물을 다스리라"는 평화적인 조화와 보호를 위한 그분의 명령으로, 모두가 상대에게 실질적인 유익의 도구로서가 아니라, 나름대로 피어나는 것이야말로 모두에게 진정한 기쁨과 행복이 되는 것이다.

뜨거운 한낮 내내 앞 논에 물을 대는 모터 소리를 들으며 '비가 와야 할 텐데…' 하는 마음으로 잠이 드는 밤이면 잠결에 들리는 개구리 소리를 소나기 오는 소리로 착각하기도 한다.

햇살의 열기가 가시는 오후가 되면 지팡이를 짚고 걷기 연습을 하는 할아버지는 저쪽 버스 정류장까지 200여 미터나 되는 거리를 왕복할 수 있을 정도로 눈에 띄게 건강 상태가 좋아져 가는 반면에 이제는 할아버지 시중을 드는 할머니가 관절염으로 어려움을 겪고 계신다.

건강 상태로 기분까지 좋아진 할아버지는 수시로 "승리는 내 것일세 축복은 내 것일세"라고 찬양을 하다가 가끔은 할머니를 위로할 양으로 가사를 바꿔서 "당신은 내 것일세"라고 부르는 소리가 어린애처럼 애교스럽다.

H집사님 내외의 사랑살이는 밭의 어린 모종들을 찬바람으로부터 보호하기 위해 비닐하우스를 만들어 정성껏 길러내더니 이제는 햇볕으로부터 보호하기 위해 검은 그물 차광(遮光)막을 치기 위해 말뚝을 박고 있다.

나는 그 차광막이 녹색 생명들에게 그늘을 드리워 주는 모습을 보면서 햇볕이라고 마냥 좋기만 한 게 아니라 그늘이 있어야 건강하게 자라는 것처럼 풀잎같이 연약한 우리의 영도 적당히 차광을 해주어야 이완되고 안일한 영이 소성케 되리라 생각한다.

한 날을 살아가다가 때로 쓸쓸한 날이라도 나는 어둠이 내리기 전 성급하게 방에 불을 밝히지 않을 것이다. 어둠이 내리듯 내 가슴에 내리는 안식을 느끼며 그 황혼의 쓸쓸함 속에서 그리움만큼이나 큰 사랑을 키워 가고 싶다.

나는 지금 생명체들이 저마다 가지고 있는 아름다움으로 인해 행복을 누리고 있다. 꽃은 꽃으로 피고, 물은 물로 흐르고, 그리고 별은 별로 반짝이는 이곳에서.

행복한 여름

한낮의 불볕더위는 의식이 몽롱해질 정도로 기력을 앗아가고, 매미 소리도 햇빛만큼이나 따갑게 쏟아지지만, 밭에서 익어가는 열매들은 여름이 깊어가고 있음을 기쁨으로 알려준다. 오이, 가지, 고추는 날마다 손으로 잡아 빼놓은 듯 쭉-욱 쭉 자라나고 토마토는 가지가 휘어지게 주렁주렁 달린 채 발그레 익어가고 있다.

처음에는 꽃이 떨어지면서 방울만 하게 맺혔던 수박이었지만, 이제는 깔아 준 짚더미 위에서 새색시가 된 우리 지선이의 배처럼 하루가 다르게 커 가고 있어, 지선의의 배를 보면 수박을 보는 것 같고, 수박을 보면 지선이의 배를 보는 것 같다.

새신랑인 조 서방은 오늘도 필리핀 농부처럼 가무잡잡한 얼굴에 밀짚모자를 쓰고 채소밭을 돌보고 있다. 검푸르고 무성하게 자라던 고추 모가 장마가 시작되자 이유도 없이 시들시들 죽어갔는데, 알고 보니 장마 전에 고추밭에 넉넉하게 주었던 비료가 비가 오자 고추 모에 직접 닿았기 때문이라는 것이다.

한 포기 식물의 상태도 제대로 이해하지 못하는 우리가 인생의 문제를 어떻게 온전히 이해할 수 있겠는가, 고추 모 몇 모는 안타깝게 죽었지만 조 서방이 물이 빠지도록 밭고랑을 깊이 파주자 나머지는 다시 무성하게 살아나 지난 주일에는 크고 싱싱한 고추를 모두 한 아름씩 가지고 돌아갔다.

첫 열매라고 따다 준 참외도 생각보다 단맛과 향기가 가득했다. 무더위는 예년보다 더 기승을 부리는데, 탐스럽게 열매를 맺어 가는 밭에 나가 보면 꽃이 피는 것도 신기하지만 열매를 맺는 것은 더욱 신기하고 기특하다.

어린아이 머리통 크기로 자라고 있는 수박은 눈에 띄게 헤쳐 놓으면 익기도 전에 누가 따 버릴까 불안하고, 잎사귀로 살짝 가리어 주자니 누군가 모르고 밟아 버리지 않을까 걱정된다. 담장에 흐드러지게 피어 초여름을 화려하게 장식하던 넝쿨장미는 시든 꽃잎이 장마에도 떨어지지 않고 누렇게 붙어 있다.

오동나무의 보랏빛 초롱 꽃잎도 시들기 전에 떨어졌고, 밭작물의 희고 노란 꽃들도 시들기 전에 깨끗하게 떨어졌다. 그런데 유난히 화려하고 곱던 장미는 왜 시든 잎이 떨어지지 않고 붙어 있는지 모르겠다고 하자, 누군가 열매를 맺는 꽃은 시들기 전에 떨어지는데 열매를 안 맺는 꽃은 그렇게 시든 채 붙어 있더라고 한다. 놀라운 통찰이었다.

깊은 밤이면 어둠 속에서도 낮에는 느낄 수 없는 수박과 참외와 토마토 등이 익어가는 감미로운 향기가 행복처럼 나를 감싸고 돈다. 그것은 보이지 않아도 그분이 있음을 확신하는 기쁨이요, 만나지 못해도 우리가 서로를 느낄 수 있는 행복이다.

내게는 보이는 한계보다 보지 못하고 느끼는 무한대의 세계가 더 큰 느낌으로 오는 것 같다. 밤에는 밤으로, 낮에는 낮으로 항상 모든 것들이 생성(生成)하는 기운으로 다가오는 지금은 무더워도 행복하기만 한 여름이다.

한 여름날의 은총

언제부터인가 우리에게는 수련회가 여름을 보내는 기점이 되었다. 일정은 흔히 가장 무더운 기간이기 마련이고, 더위 속에서 토마토처럼 익은 채 수련회를 마치고 나면 어느새 귀뚜라미 소리가 매미 소리보다 또렷해진다. 그리고 짧은 기간이지만 뜻을 같이하면서 더위 속에서 함께 익어가던 지체들의 모습은 가슴속에 새겨진다.

성경을 통독하며 나누었던 은혜의 교감도 감동적이었지만, 거의 만삭의 몸으로도 성경 알아맞히기를 열심히 준비하여 진행하던 심지선 성도와 둘째 녀석을 데리고 다니며 특수교육으로 바쁜 중에도 찬양경연대회를 맡아서 재미있게 진행했던 최정숙 집사의 아름다운 수고는 칭찬받을 만한 아름다운 모습이었다.

뇌병변장애로 언어가 부자연스러워서인지는 몰라도 늘 뒤로

빼기를 잘하는 노현수 형제가 특별찬양을 맡은 날이었다. 그날도 역시 안 나오려고 기를 쓰다가 세 명의 형제들에게 동동 들림을 받아 나오는 촌극을 벌였다. 하지만 막상 노래를 잘 마친 후에는 자기 발로 잽싸게 들어가서 자기를 들고 나온 형제들을 일일이 쥐어박는 모습은 더더욱 재미있었다.

찬양경연대회에서는 생활공동체 할아버지인 임 권사님은 '승리는 내 것일세' 찬양을 하다가 갑자기 할머니인 조 권사님을 가리켜 '조양은 내 것일세'라고 불러서 박수와 함께 인기상을 받았다. 성악가 수준의 특별한 가창력을 가진 강민 형제는 '친구의 고백'을 너무 잘 불러서 1등 상과 동시에 프로로 인정을 받아 앞으로는 찬양경연대회 출전 자격을 상실하게 되었다.

마지막 날 특별 순서인 '체험 삶의 현장'은 내초도에서 '조개잡이'로 하려던 당초의 계획이 그냥 물놀이로 변경되었는데, 이 프로를 맡은 H집사 내외는 트럭에다가 샤워용 물과 모래밭에 설치할 차광막까지 만반의 준비를 했다.

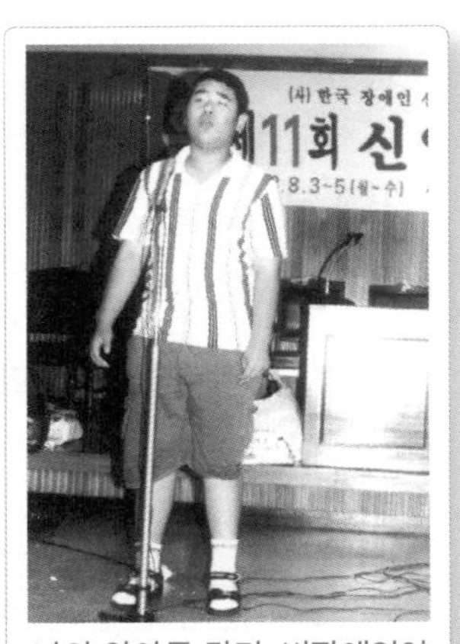

나의 양아들 강민. 비장애인이지만 현재 장애인인권 강사로 활동하고 있다.

경사가 완만한 모래밭, 바닷물에 잠겨 모두 얼굴만 내놓고 물소나 물개처럼 떠다니던 모습들이 지금도 눈에 선하다. 사랑하는 이들, 나는 이들을 볼 때마다 한 사람, 한 사람 이름을 불러 주고 싶다.

"내가 그의 이름을 불러 주었을 때 그는 나에게로 와서 꽃이 되었다"는 김춘수님의 시는 기존의 이름을 타성적으로 부른 게 아니다. 사랑하는 마음으로 그 나름의 소중한 가치를 발견하고 그 가치를 스스로 자각할 수 있도록 일깨워 주었기에 꽃이 될 수 있었을 것이다. 그러기에 이름을 불러 준다는 건 상대를 살리는 고귀한 사랑의 행위가 아닐 수 없다.

하나님이 아담에게 이름을 지어 주셨고, 아담은 하와의 이름과 동물들의 이름도 지어 주었듯이 지금, 그분이 부르시는 우리의 이름은 무엇인지 귀 기울여 본다.

"너는 행복자로다", "너 하나님의 사람아"라는 성경 말씀은 우리의 이름을 부르시는 그분의 음성이다. 그리고 영이신 그분께 신령과 진정으로 드리는 예배야말로 우리가 그분의 이름을 부르는 행위가 아닐까.

비가 흩뿌리는 서늘한 밤공기 속에서라도 내가 이름을 부르면, 그는 이 여름에도 설렘으로 다가오는 신선한 '첫눈'이기도 하고, 때로는 나의 삶을 고운 빛으로 물들여 주는 '노을'이기도 하다.

삶이 어려운 것은 자신의 뜻과 욕심과 계획 등을 힘겹게 들고 있기 때문이 아닐까. 이 순간부터라도 우리가 이 세상을 떠나 그분께 갈 그때처럼 손을 펴 모든 것을 내려놓고 내 안에 하늘이

들어올 수 있도록 가슴을 열고 살아갈 일이다.

때로는 한 번쯤 세계 여행을 떠나 시야를 넓혀 보고 싶기도 하고, 천체 망원경으로 밤하늘을 보면서 우주 안에 나의 실존을 확인하고 싶어질 때도 있다. 그리고 그 가운데서 내 이름을 불러 주고 나를 잡아 주는 그분의 손길을 느낄 수 있음은 얼마나 눈물겨운 감격인가?

광활한 우주, 그 가운데 한 개의 별인 이 지구의, 그것도 수많은 사람 가운데에서 우리가 삶의 아픈 구비 구비에서도 서로의 이름을 불러 줄 수 있음은 또한 얼마나 큰 은총인가?

갈매기는 날고 있을 때가 아름답다

동해에는 솟는 해가 장관이라면 서해에는 지는 해가 장관이다. 그런 서해를 끼고 살면서도 일몰은 수년 전에 딱 한 번 보았는데 일몰을 배웅하러 갔다가 바다 쪽으로는 유난히 구름이 많은 탓에 아쉬운 마음으로 되돌아온 적도 있다.

일몰이나 일출의 빛만이 소중한 게 아니라 우리 공동체 가족들은 모두가 소중한 빛들이다. 늘 웃는 얼굴로 맡은 일에 최선을 다하는 조용철 성도는 모든 것이 감사의 조건임을 아침 경건회 때 그가 드리는 기도를 통해서 알 수 있다.

"참으로 좋으신 하나님, 지난밤에도 편히 쉴 수 있도록 단잠을 주시고 좋은 아침, 좋은 사람들과 경건회로 시작하게 하심을 감사드립니다. … (중략) … 어떻게 살아야 하는가를 가르쳐 주시는 목사님이 계시고, 생활 속에서 지혜를 일깨워 주시는 할아버지, 할머니 권사님이 계시며, 출입할 때 반드시 인사하는 모습을 보여 줌으로 내게 인사하는 습관을 갖게 해주신 박철호 형님이 계십니다. 한 손으로 무엇이든지 할 수 있음을 보여 주는 김진하 자매님이 있고, 나의 언행을 냉철한 판단으로 말해주는 아내가 있고, 사랑스런 딸이 있고, 내가 편히 쉴 수 있는 보금자리가 있습니다. 또 이 모든 것을 감사할 수 있는 마음을 주심을 감사합니다."

이 외에도 교회 운영의 일익을 기꺼이 감당해 나가고 있는 지체들의 아름다운 모습들이 있고 그보다 더 고마운 것은 예배 때마다 설교를 은혜롭게 받아들이는 자세들이다. "스바 여왕이 솔로몬의 지혜를 듣는 솔로몬의 사람들을 복되다"(왕상 10:8)라고 한 것처럼 '목사님의 설교를 듣는 자신들을 복되게 생각한다'는 말이나, "말씀이 송이 꿀보다 달다"(시 119:103)는 다윗의 표현을 실감한다는 말들은 내게 보람과 기쁨이다. 그러나 가끔은 누군가에 대해 말하는 것이 조심스러워질 때가 있다.

사람의 마음이 퇴색하거나 변하게 되는 경우, 잘못된 단언이나 평가에 대한 책임감을 생각한다면 누구에 대해서든지 아예 말을 하지 않는 것이 무난하리라고 생각한 적도 있었다. 그러던 어느 날, 시린 겨울 바다에서 갈매기를 보았다. 그리고 온 바다를 품에 안을 듯, 날개를 펴고 나는 갈매기도 보았지만, 날개를 펴고 나는 갈매기만이 아니라 날개를 접고 낚시꾼들이 매운탕을 끓여 먹는 옆에서 버리는 내장과 찌꺼기를 먹고 있는 갈매기도 보았다.

하늘을 날 때와는 달리 깃털이나 머리 모양도 볼품이 없는 모습을 한 채 사람들이 던져 주는 먹거리를 혼자 탐욕스럽게 먹고 있다가 다른 갈매기가 와서 같이 먹으려고 하면 근처에도 오지 못하도록 무섭게 달려들어 사납게 싸우는 갈매기는 내가 기존에 가지고 있던 이미지와는 거리가 있었다. 그러나 갈매기를 사랑하는 사람은 날개를 접은 갈매기도 사랑할 것이다.

•

살아가노라면 일몰의 바다에 서리는 구름처럼 우리 마음에도 구름이 서릴 때가 있다. 태양이 있는 하늘에도 구름이 있어 구름이 태양을 가릴 때가 있지만, 구름이 가려도 태양이 있음을 믿는 것처럼 갈매기가 날개를 접어도 날개가 있음을 우리는 알고 있다. 그래도 바다를 그릴 때 사람들은 갈매기가 나는 모습을 그리고 그 모습을 더 사랑하는 것처럼 나도 누군가를 이야기할 때면 날개를 편 멋진 모습만 생각하고 이야기하면 될 것 같다. 갈매기는 날고 있을 때가 더 아름다우니까.

이해

영국의 존 스토트(John stott) 목사는 “하나님은 두 권의 책을 쓰셨는데 하나는 성서이고, 하나는 자연이다”라고 말했다.

나무는 상처를 입거나 찢겨 나간 가지가 있을 때, 다른 가지들이 그 가지를 향하여 치료의 파장을 보내 준다고 한다. 이러한 자연의 섭리도 신비롭고 아름답지만, 우리가 서로를 이해하는 ‘사랑’은 아름다움을 넘어서 죽음의 절망이라도 이겨 나갈 수 있는 살림의 역사요, 생명의 역사다.

우리말에서의 ‘이해’는 약간의 논리적인 느낌이 있지만, 영어인 ‘understand’에는 ‘상대방의 아래에 서다’라는 깊은 의미가 있다. 오늘은 우리 홈페이지에서 숨 쉬고 있는 소중한 마음을 소개한다. 시각장애를 가진 아이, 이삭의 엄마 노서운 님의 얼굴에는 늘 평화로운 미소가 있고 그녀의 마음 또한 평화롭고 아름답다.

이삭 에세이 | 노서운

여름이 가고 있다. 상평에 아담하게 자리한 베데스다교회로 가는 길목에는 코스모스가 고운 빛깔로 피어나 화사한 가을 인사로 우리 가족을 반긴다.

우연히 텔레비전 '포토에세이'에서 베데스다교회의 최명숙 목사님을 보고 우리 가족은 여름이 시작되는 6월의 첫 일요일을 베데스다에서 맞이했다. 베데스다교회는 장애인과 비장애인이 함께 어우러져 아기자기하고 예쁘게 서로를 위로하며 살아가는 그런 곳이었다.

이 교회의 목사님 자신이 장애의 아픔을 가진 분이심에도 불구하고 오히려 시각 장애아를 자녀로 둔 이삭 아빠와 나를 위로하며 따뜻하게 맞이해 주셨다. 오래된 가톨릭 신자인 우리 가정을 초교파적으로 이해해 주어 우리는 일요일이 되면 이제 아주 편안히 베데스다를 향해 기도와 사랑을 나누러 갈 수 있게 되었다.

무엇보다도 나는 '이삭'이와 '이다'가 자기 또래의 아이들과 주일학교도 하며 장애인들을 아주 가까운 친구로 대할 수 있는 마음을 자연스럽게 배워가는 게 기뻤다. 교회에 다녀온 날 밤 잠들기 전 이삭이는 두 손을 모으고 이렇게 기도했다.

"예수님, 오늘은 교회에 갔어요. 목사님 손을 만졌어요. 목사님 손은 작아요. 그리고 휠체어도 있어요. 휠체어에는 누르는 단추도 있구요."

앞이 보이지 않는 이삭이는 눈이 보이는 우리보다 더 많은 걸 본 것 같다. 그리고 더 깊이 따뜻한 사랑을 느끼며 행복한 여름을 보낸 것 같다.

가을과 겨울엔 더 따뜻한 기도와 사랑을 하러 베데스다를 가고 싶어 할 것이다. 그리고 나의 기도는 지금 내가 사는 이곳이 모두 베데스다가 되는 세상… 그런 간절한 소망 하나 간직하며 이 행복한 여름을 보낸다.

이해란 자기 자리를 고수하면서 생각하고 판단하는 논리가 아닌 자기 자리를 떠나 상대의 자리에서 아니, 오히려 그 자리에서 한 계단 아래로 내려서서만이 할 수 있는 것이다. 그래서 우리를 향한 그분의 이해는 성육신이며, 십자가의 고통이다.

젖은 여름은 그렇게 갔다. 짧은 여행을 통해 흰 구름이 휩싸고 돌며 장관을 이루던 청록색 지리산 자락 너머로 여름을 보내고, 지금은 햇볕은 따갑지만, 온몸이 차가운 호수에 잠긴 듯 맑고 고요한 가을이다.

밥

나는 비상식적이고 비계획적인 행동으로 인해 늘 주위의 염려를 받아왔다. 그러나 현실적으로 타당하고, 안전하고, 가능한 일만 해왔다면 어쩌면 나는 지금껏 아무것도 하지 못했을 것이다. 그렇게 내게 주어진 상황은 늘 벼랑 끝이나 절벽과도 같은 한계였다.

이곳에 건축을 시작할 당시에도 주위 사람들의 걱정을 들었다. 장애인교회니까 조립식 단층으로 초라하게 지어야 후원을 받지 이렇게 완전 건축물로 지으면 누가 후원을 하겠느냐는 것이다. 거기에다가 공사비도 없이 빈손으로 시작하면서 왜 지하까지 설계해서 공사비를 더 들이느냐는 것이다.

모두가 현실적으로 일리가 있기에 나는 묵묵부답일 수밖에 없었다. 늘 한계에서 이론을 초월해 있었기에 할 말이 없었다. 모두가 현명했고 나만 어리석은 것 같 보였지만, 적어도 내가 가진 목적만은 타당했다.

가능해 보인다고 해서 다 옳은 일이 아닌 것처럼 불가능해 보인다고 해서 모두가 잘못된 일은 아니다. 그리고 불가능한 일이라도 바람직하다면 그분께서 이루어 주실 거라는 어린아이 같은 믿음, 단지 그뿐이었다.

상식 이하를 살아왔는지 상식 이상을 살아왔는지는 모르지만, 나는 '지구의 보석'이라는 과분한 찬사를 듣는가 하면 '불도저'라는 무지막지한 별명도 들었다. 어쨌든 그렇게 주위의 부정적인 견해를 안고 확보해 놓았던 지하 공간을 본당 건축하고 나서 한참 지난 후에야 비로소 쉼터로 내부 시설을 갖추게 되었다.

인터넷과 독서 시설, 차를 나누며 교제하는 탁자와 좌탁, 따뜻하게 누울 수 있는 바닥 공간과 탁구와 당구 시설까지 갖추면서 우리 지체들뿐 아니라 신앙인들의 쉼터 공간으로 유용하게 사용되기 위한 바람이 있었다. 그러나 우리 지체들이 사용하는 주일 외에는 거의 비어 있는 상황이었다. 그런데 얼마 전부터 근처 농공단지에서 일하는 외국인 근로자들이 일을 마치고 와서 인터넷으로 고국에 편지를 쓰기도 하고 탁구와 당구도 치기도 했다.

그들이 부담 없이 이 공간을 유용하게 사용하도록 제공해 주는 것도 소중한 선교가 될 것이다. 훗날 그들이 고국에 돌아가서 자신들의 일터 근처에 있는 어느 교회가 자기들에게 시설을

베데스다교회 전경

부담 없이 사용하도록 배려해 줬음을 기억하고 이야기한다면 예수의 사랑은 거기에서 숨 쉬며 전해질 것이다.

오늘도 불이 켜진 지하에서 탁구를 하는 모습들을 흐뭇하게 들여다본다. 그들은 이 교회의 목사가 누구인지 이름도 모르고 얼굴도 모를 뿐더러 관심도 없다. 다만 여기가 교회라는 사실과 교회이기 때문에 외국에 와서 힘들게 살아가는 이방인인 자기들이 아무 때든지 편하게 쉬며 사용할 수 있다는 것만을 알고 있을 뿐이다. 그렇다. 나 역시 목사의 이름이나 얼굴을 모르더라도 교회이기에 그들의 밥이 되고 있다는 사실만 알기를 바랄 뿐이다.

진정으로 밥이 되기를 원하는 마음에는 조건이 없다. 상대가 필요로 하기에 온전한 인격을 갖추지 못했어도 생각이 부족해도 허물이 있어도 밥이 되어 줘야 하는, 그저 한 알의 밀알이 썩어져야 열매를 맺는 진리를 살아내는 것이다(요 12:24).

예수께서는 스스로 밥이 되어 먹히기 위하여 영생의 떡은 그렇게 멀리 있는 게 아니라고 마지막 만찬을 통해 직접 자신의 살과 피를 상징적인 음식물을 통해 주셨다. 우리가 이 땅에서 사는 목적도 궁극적으로 먹히기 위함이건만, 예수 사람이라는 우리가 먹히기보다는 오히려 먹으려고만 하는 건 아닌지 모르겠다.

첫눈을 부르는 뿌연 하늘 아래 서면 몸에 물을 내리고 하늘을 바라보는 나무처럼 살고 싶지만, 때로는 사랑을 받고자 하는 마음이 있어 나도 아직 온전한 밥이 되기엔 멀었는가 보다.

천년의 비상

교도소를 방문했을 때 일이다. 눈부신 봄날에 멀쩡하게 건장한 몸으로 교도소 안에 가득히 앉아 있는 그들의 모습을 보는 순간, 나도 모르게 불쑥 이런 말이 나왔다.

"밖에는 벚꽃이 만발했는데 여기 계시니 많이 답답하시지요?" 그러자 그들은 한숨을 쉬면서 고개를 끄덕였다. 나는 이어서 "여러분들은 자신이 저지른 실수나 잘못으로 답답한 시간을 보내고 있고, 정해진 기간이 지나면 나가게 될 희망이라도 있지만, 장애를 가진 우리 형제들은 잘못한 일도 없이 수십 년을, 그리고 앞으로도 끝없이 방안에 갇혀서만 지내고 있습니다." 순간 분위기가 숙연해지고 그들 중에는 고개를 숙이는 이들도 있었다.

사실은 그들에게 답답한 기간을 견딜 힘을 주고 싶었는데, 말을 하고 보니 미안한 생각이 들었다. 그러나 직접 내가 살아오면서 쌓인 한이기에 어쩔 수 없었던 것 같다. 그것은 하늘을 나는 새들이나 마당을 뛰어다니는 강아지에게도 주어진 동물의 기본적인 기동권도 누리지 못한 비참함이었으니까.

다른 사람에 의해서만 움직일 수밖에 없다가 스스로 움직일 수 있는 상황이 될 때는 삶의 질이 달라진다. 수동휠체어도 없어서 고생했던 시절을 지나 손에 힘이 조금만 있어도 혼자 작동해서 다닐 수 있는 전동휠체어는 우리의 발이 되어 주었다. 그 전동휠체어를 사용하게 되던 날, 어느 자매가 마치 막혔던 숨을 쉬듯이 해맑은 얼굴로 했던 첫마디! "날아갈 것 같아요!"

얼마나 오랜 세월을 힘들게 견디어 왔는가! 그 인고의 세월에 비하면 매미가 수년을 땅속에서 유충으로 있었다는 이야기는 그리 놀라운 일이 아니다.

어느 여름날 전동휠체어로 한 자매를 심방한 후에 둘이 나가서 냉면을 먹자는 제의를 하자 그 생각만으로도 가슴이 부풀었던 그 자매는 흥분해서 자기는 전동휠체어는 없지만, 수동휠체어로도 충분히 갈 수 있다고 자신하며 나섰다.

단둘이 나가서 냉면 좀 먹는 게 뭐 그리 대단한 일이라고…. 그 한 여름날 땡볕에 땀을 흘리며 어깨가 아프도록 바퀴를 돌려서 온 그녀와 나는 처음으로 별세상이라도 체험하듯 단둘이 냉면집에 들어가 냉면을 먹었다. 그 후, 항암치료를 마치면 맛있는 걸 사주기로 약속했건만 욕창과 암으로 고생한 그녀는 아픈 기억만을 남기고 세상을 떠났다. 그녀뿐이겠는가? 비슷한 처지에 있는 이들의 삶마다 천년을 숙성, 발효된 아픔들이 켜켜이 쌓여 터질 듯이 발효되어 있다.

그 당시에 비하면 지금은 전동휠체어가 보급되고 그 전동휠체어를 탄 채로 승차하고 하차해서 다닐 수 있는 장애인콜택시가 24시간 운행되고 있으니 그야말로 '천년의 비상'이다. 그렇다. 천년의 비상! 이 말이 우리의 한 맺힌 삶에 연결될 때면 짜릿한 전율을 느낀다.

"내가 여호와를 기다리고 기다렸더니 귀를 기울이사 나의 부르짖음을 들으셨도다 나를 기가 막힐 웅덩이와 수렁에서 끌어올리시고 내 발을 반석 위에 두사 내 걸음을 견고하게 하셨도다"(시 40:1-2).

꿈같은 이야기

그렇게만 된다면야 더할 나위 없이 좋겠지만 현실적으로 도저히 실현되기가 불가능한 이야기를 일컬어서 우리는 '꿈같은 이야기'라고 한다.

어린 시절 학생 잡지에서 공상과학(SF)에 관한 이야기를 읽었다. 70년대 초였던 당시에는 아득히 멀게만 생각되었던 서기 이천년에 관한 과학적 예언으로 그때가 되면 직접 매장에 가지 않아도 집에서 컴퓨터로 쇼핑하고, 금전관리도 은행에 가지 않고 집에서도 할 수 있게 된다는 내용이었다.

장애로 인해 외출이 어려웠던 내게 그것은 그야말로 꿈같은 이야기였다. 그러나 지폐를 건네주고 물건을 받는 행위가 구매이고, 은행 창구에서 종이로 된 통장과 도장이 있어야 출금과 입금이 된다는 고정관념 안에 있는 내게는 밖에 나가서 사람을 만나지 않고도 그러한 일들이 가능하게 된다는 이야기는 도저히 이해하기 어려웠다.

그뿐 아니라 그때가 되면 전화 통화도 상대방의 얼굴을 보면서 하게 된다는 것이다. 유선전화만 해도 그 가느다란 줄을 통해서 멀리 있는 사람과 통화하는 사실이 기적과 같이 신기하게 여겨지던 시절에 얼굴까지 보면서 통화를 할 수 있다니! 그야말로 공상과학으로밖에는 생각할 수 없는 이야기였다. 그런데 그 말도 안 되는 기적을 우리는 지금 당연하게 누리고 있고, 꿈처럼 불가능하다고 생각했던 일들을 지금껏 체험하며 살아가고 있다.

사실 신앙생활을 하면서 이해되지 않는 부분 중에 우리가 죽으면 이 땅에서 행한 모든 행위가 하나님 앞에서 적나라하게 드러나게 된다는 말이었다. 이미 지나가 버린 일들이 어떻게 재생될 수 있는지 내 상식으로는 도저히 이해할 수가 없었다. 그래서 그냥 착하게 살라고 하는 말로만 생각했다가 CCTV를 보는 순간, 뒤통수를 맞은 기분이었다. 인간이 하는 일을 하나님이 못하시겠는가!

3차원이던 현실이 아날로그에서 디지털로, 그리고 가상공간과 하나가 되어 살고 있으니 그때는 말이 안 되었던 이야기들이 지금은 말이 되는 이야기가 되어 그야말로 '그때는 틀리고 지금은 맞는 이야기'가 된 것이다.

영적인 세계에 대해서도 자신이 믿어지지 않는다는 이유만으로 말이 안 된다고 함부로 말할 수 없을 것이다. 필연적으로 오게 될 죽음은 누구에게나 가장 중요한 문제가 아닐 수 없다. 그 마지막이 어느 순간에 오게 될지도 모르면서 창조주의 계획을 함부로 판단하는 것은 피조물의 오만이 아닐 수 없다.

인간이 개발한 가상공간도 현실로 공유하고 살아가면서 영적인 세계의 실존을 부인하는 것은 경솔하고 우매한 일이 아닐 수 없다.

'꿈같다'는 말에는 '실현 불가능'이라는 그 이면에 실현되기를 바라는 간절한 염원이 있다. 현실적으로는 불가능할지라도 부정보다는 긍정을, 저주보다는 축복의 말로 꿈같은 이야기들이 모두 실현되기를 기원한다.

"… I will do to you the very thing I heard you say."

- Numbers 14:28

3장

•

아픔의 미학

생명이 있는 한 길은 있다

철쭉이 핏빛 꽃망울을 터트릴 무렵, 우리 성도 한 사람은 교우들 가슴에 핏빛보다 더 진한 아픔을 남기고 떠났다. 비가 내리던 밤, 자정을 넘기고도 한시가 넘은 시각이었다.

중환자실에서 숨져가고 있다는 연락을 받았지만, 운전하는 성도가 연락이 안 되어 거의 두 시간이 지난 후에야 도착할 수 있었다. 그는 그때까지 고통스럽게 숨을 헐떡이면서도 마치 나를 기다리고 있었던 것처럼 간신히 숨을 이어가다가 기도를 마치고 난 후에 몸을 크게 한 번 뒤틀더니 여리고 착하기만 했던 서른하나의 젊음이 허무하게 끝났다.

이튿날 싸늘한 영안실에서 발인예배를 드리고 흰 국화 한 송이씩을 바치면서 교우들은 모두 자신의 아픔처럼 슬픔에 젖었다. 무엇이 젊은 그를 죽음으로 내몰았는지, 그리고 왜 그는 그렇게 가야만 했는지? 그 이유가 어떻든 그것은 패배자의 모습이요, 보도블록 사이라도 비집고 나올 줄 아는 풀잎 같은 생명력도 갖지 못한 부끄러움이었다.

착하고 성실했지만, 한쪽 팔이 온전치 못한 그는 직장에서도 능력의 한계를 느껴야만 했다. 부모님이 슈퍼마켓을 운영할 때는 자전거로 배달을 도맡았지만, 가게를 접은 후에는 그를 초등학교 관리인으로 취직을 시켰다. 그러나 손으로 해야 하는 잡무처리들을 순발력 있게 못 하자, 대기발령으로 밀려났다. 결혼 문제도 본인은 자기와 맞는 상대와 하고 싶었지만, 어머니의 반대에 부딪치게 되었다. 그 어머니는 자신의 그러한 욕심이 자식에 대한 사랑이라고 착각하는 것 같았다.

그 아가씨를 데려오라고 해서 만나 보니 성품이 수수하고 착해 보였다. 그녀도 역시 한쪽 팔이 불편했지만, 돌아가기 전에 걸레를 빨아서 식사한 자리를 닦고 그 걸레를 다시 빨아놓고 간 뒤에 나는 그녀가 빨아놓은 걸레를 살펴보았다. 비록 한쪽 팔이 불편했지만, 걸레를 깨끗하게 빨아서 물기를 꽉 짜놓았다. 그 정도면 둘이 서로 힘을 합해서 살아도 될 것 같았다. 그런데 계속되는 어머니의 반대가 이어지던 어느 날, 그는 학교 숙직실에서 제초제를 마셨다.

전날 그가 내게 전화를 했을 때, 나는 무심하게 전화를 받았다. “목사님 저요.” “응, 무슨 일예요?” “…아니요. 그냥 한 번 해

봤어요." 그렇게 통화는 끝났다. 그때 대화로라도 그를 잡았어야 했다는 자책이 회한으로 밀려왔다. 그리고 집에서 그가 원하는 대로 그 아가씨하고 결혼이라도 시켰더라면 그렇게 극단적인 행동은 안 했을지도 모른다는 생각으로 원망하는 마음도 들었다.

눈물을 쏟고, 잠을 못 자고 머리가 온통 어지러워 정신이 없었던 그즈음부터 나는 생명을 가진 모든 것들이 눈물겹도록 소중하고 사랑스러웠다. 살려고 노력하는 모습마다 위대하게 보였다. 한계를 초월하려면 한계에 부딪쳐야 한다. 절망의 벽을 뚫으려면 그 벽을 부숴야 한다. 자살은 생명을 부여받은 자의 수치며 그것은 '생명'(生命)이란 말 그대로 살라고 보내신 그분의 명령에 대한 거역이다.

아들을 데리고 쫓겨난 하갈이 자식이 죽어가는 모습을 차마 볼 수가 없어 저만큼 떨어진 곳에 앉아, 방성대곡하고 있을 때 하늘의 문이 열렸고, 절망의 나락으로 떨어져 내리던 그녀의 눈이 밝아져 샘물을 발견한다. 아브라함은 모리아산에서 자기 손으로 칼을 들고 자식을 죽여야만 했던 절망 앞에서 '여호와 이레'를 체험했다. 하늘을 바라보는 자에게는 길이 있다. 보이는 길이 막히기도 하지만 막힌 길이 열리기도 한다.

마당의 잡초를 처음엔 반드시 뽑아내야만 하는 것으로 생각했지만, 씨를 뿌리지도 않고 가꾸지 않았지만, 아니 오히려 삽으로 흙을 파서 뒤집기도 하고 짓밟기도 했지만 나는 무성하게 돋아나는 잡초의 모습에서 강한 생명력이 주는 아름다움을 발견했다.

다양한 모습으로 자유롭게 뻗어나는 푸른 잎들, 누가 봐주지 않아도 나름대로 작은 꽃망울까지 터트리는 안쓰럽도록 귀여운 모습들, 깔끔하고 지루한 잔디보다 오히려 야생적인 운치를 더해주는 것 같아서 참으로 엉뚱하게 우리는 틈틈이 물을 주며 잡초를 키우고(?) 있다. 잡초뿐만이 아니라 이른 아침이면 잠을 깨우는 은실 찬란한 햇살과 옅은 산안개가 걷히기 전 뻐꾸기 소리와 함께 마시는 아침 공기도 사랑한다. 해가 질 무렵이면 어둠보다 먼저 내리는 저녁 이슬에 젖은 풀 내음도 사랑한다. 그러나 그보다 죽음의 현실 속에서도 생명을 사랑하며 열심히 살아가는 모든 이들을 더 사랑한다.

이 신록의 6월에는 질경이처럼 짓밟혀도 일어나는 질긴 생명이면 좋겠다. 상처를 받아도 회복되는, 그리하여 세상의 모든 안쓰러운 생명들을 눈물겹게 껴안고, 살리며 함께 어우러져 살아가는 생명이 되고 싶다.

우리에게 생명이 있는 한 반드시 길이 있음을 믿으며….

나비 가족

이삭이네 쌍둥이 동생인 '힘'과 '샘'이 교회에 나오는 날이면 예배당 안이 꽃이 핀 것처럼 환하고 훈훈해진다. 어느새 앞니가 똑같이 두 개씩 난 녀석들이 앉고 기면서 한 주가 다르게 무럭무럭 자라는 모습은 마치 봄 나무에 발아(發芽)하는 잎새처럼 사랑스럽기만 하다.

이제는 제법 낯을 가리느라 사람들의 얼굴을 빤히 쳐다보다가 입을 삐죽거리면서 "앙~" 하고 울어버리는 모습이 너무 귀여워 모두가 녀석들을 보느라 정신이 없을 때, 시각장애로 앞을 보지 못하는 이삭은 쌍둥이 동생들의 소리를 들으며 한쪽에서 행복한 표정으로 빙그레 웃고 있다가 가끔은 귀여워서 도저히 못 참겠다는 듯이 소리가 나는 쪽으로 와락 달려들기도 한다.

귀여운 쌍둥이 동생들의 모습을 눈으로 볼 수 없는 이삭은

들을 수 있는 청력을 최대한으로 열고, 동생들의 모습까지도 소리로 빨아들일 듯이 귀를 기울이고 있었다. 사람들은 아기들의 '모습'을 보는 데만 열중하느라 아기의 '소리'에는 관심이 없었지만, 이삭은 다른 사람들이 듣지 못하는 아기들의 소리뿐만이 아니라 모습까지도 눈 대신 귀로 보고 있는 것 같았다.

열 살이 된 이삭은 여섯 살에 사고를 당했다. 모든 사고가 그렇듯이 이 아이 또한 예기치 않게 하필 자기가 매일 타고 다니던 유치원 차로 사고를 당해 머리에 중상을 입게 되었고, 그 사고로 인해 뇌의 일부와 함께 시각장애를 갖게 된 것이다.

그때, 아이가 몸으로 입게 된 장애를 젊은 부부는 오롯이 가슴으로 떠안았다. 그리고 그때부터 아이의 아빠는 늘 아이 곁에서 큰 나무 그림자로 한몸이 되었다. 그뿐만이 아니라 이 지역에 학생 수가 부족해서 맹학교의 셔틀버스 운행이 되지 않자 아이의 아빠는 행정기관을 통해 시각장애를 가진 아이들을 찾아내어 마치 지역 공무원처럼 그들의 집을 직접 방문해서 입학을 권유하기도 했다.

이삭은 아무 데서나 가끔 크게 외마디 소리를 질러서 늘 조심스럽게 주변을 의식하는 부모를 긴장시키기도 했다. 한창 궁금하고 호기심이 많아 천방지축으로 이리 뛰고 저리 뛰며 밝은 눈으로 세상을 보던 아이가 갑자기 아무것도 볼 수 없는 칠흑같이 어둡고 막막한 세계 속에 내던져진 상태에서 어쩌면 아이는 눈으로 볼 수 없는 자신의 존재를 확인하기 위해 소리를 지르는지도 모른다는 생각이 들었다.

볼 수 없는 세계 속에서 무엇이든지 손으로 만지고 집어던지는 이삭에게 있어서 초등학교에 입학한 동생 '이다'는 그야말로 가장 만만한 도구다. 두드리고, 밀고, 던지는 대로 이리저리 넘어지고 쿵쿵 부딪치면서도 싸우거나 울지도 않고, 일방적으로 당하기만 하면서 숙명처럼 견디는 '이다'가 그럴 때마다 안쓰러우면서도 가끔은 아이의 생각이 궁금해지기도 한다.

어느 날 이삭이 우연히 옆에 있는 자전거를 손으로 더듬어서 식별하더니 눈을 다치기 전 기억이 되살아났는지 대뜸 자전거를 타고 달리기 시작하자, 순간 그 모습을 보고 있던 이다는 오빠가 위험하다고 느꼈는지 급히 작은 몸을 날렵하게 던져서 낭떠러지가 있는 도로 왼쪽으로 달려갔다. 그리고 마치 어린아이에게 자전거를 태워 주는 어른처럼 왼손으로는 핸들을, 그리고 오른손으로는 자전거 뒤쪽을 잡고 오빠가 페달을 밟는 속도를 따라가느라 짧은 다리를 자전거 바퀴보다도 더 빠르게, 마치 모터처럼 돌리면서 악착같이 뛰었다.

나는 나이답지 않게 철이 든 이다의 행동이 기특하면서도 한편으로 그 아이가 그렇게 철이 들 수밖에 없었던 환경을 생각해 본다. 밤이면 아직도 어리광을 부리며 엄마하고 자려고 떼를 쓴다는 그 어린아이에게 어떻게 저토록 강한 보호 의식이 있었을까?

어느 봄날 아이는 이런 동시를 썼다.

나비 가족 | 장이다

나비 가족이 소풍을 가요
아빠 나비와 엄마 나비는
쌍둥이 나비를 데리고 가고
동생 나비는
오빠 나비를 데리고 가고

산에 도착했어요
아빠 나비 엄마 나비는
벌레를 먹고
오빠 나비 동생 나비는
꿀을 먹고
쌍둥이 나비는 우유를 먹어요.

이다가 쓴 글에서 보는 그 가족의 분위기는 봄날 날개를 나풀거리며 소풍 가는 평화로움! 그 자체이다. 동생 나비인 자신이 보호해야 하는 앞을 못 보는 오빠 나비도 어떤 결격 사유나 불행한 여건이 아니라 있는 그대로의 당연함과 자연스러운 모습이다.

그렇게 그들은 봄꽃 동산에서 고운 날개를 나풀거리는 나비와 같이 평화를 누리며 벌레와 꿀과 우유로 만족하는 '나비 가족'일 뿐이다.

행복은 일반적인 통념을 떠나서 누릴 수 있는 주관적인 것으로 아무도 타인의 행복과 불행을 객관적인 측면에서 함부로 단정 지을 수 없다. 또 상처를 품은 자에게 개인의 생각대로 만들어진 판단의 자(尺)를 들이대거나, 편견이나 선입견의 돌을 던져 구태여 현실을 불행으로 규정해 주기보다는 나름대로 일어설 수 있도록, 그렇게 아름답게 살아갈 수 있도록 모두가 공감하고 인정해 주는 이웃이나 친구라면 좋겠다.

'나비 가족'에게 행복과 평화가 함께하기를 바라며 상처 위에 새싹처럼 돋아난 쌍둥이들이 내가 지어 준 이름처럼 그 가정에 지치지 않는 '힘'이 되고, 기쁨의 '샘'이 되기를 간절히 기원해 본다.

발톱이 없는 아이

지선아, 지금, 저물녘 가을 숲에는 스산한 바람이 가득하고, 서늘해진 대기 속에 눈을 들어보니 밤이슬이 어둠과 함께 뿌옇게 내리는 것이 보이는구나. 그 작은 물 알맹이들이 산뜻하게 와 닿는 신선함 속에서 오늘 밤은 왠지 나도 대기와 함께 흠뻑 젖어버리고 싶은 마음이 들었단다.

내가 이슬이 되고, 이슬이 내가 됨으로 나라는 존재가 이 우주 속에 용해가 잘되면 내 속에 여러 가지 모양으로 뭉치고 응고된 것들이 풀어지고 녹아져 이분법적인 사고 등등 얽어매어 놓은 모든 것으로부터 해방될 수 있겠지? 그리하여 사실의 세계를 있는 그대로 받아들일 수 있다면, 나도 저 무수한 물 알맹이들이 되어 평화로운 상념으로 떠돌고 싶구나.

열다섯 살 때, 아기는 어떻게 해서 생기냐고 묻던 네가 어느

새 자라서 한 남자를 만나 결혼을 하고 이 가을에 엄마가 되었으니 세월이 참 많이도 흘렀다. 분만 수술 시간에 맞춰 병원에 갔을 때만 해도 내 마음은 아기보다는 몸이 약한 네가 걱정되어 수술실에 들어가는 네 모습이 안쓰럽고 애처롭기만 했단다.

잠시 후, 수술실에서 핏덩이처럼 빨갛고 물처럼 말랑거리는 아기가 나오는 것을 보고 환호를 지르며 달려들어 흥분했던 것도 아주 잠깐, 아빠로부터 받은 유전으로 발톱이 없다는 말을 듣고 마음이 착잡해져서 마치 자신의 잘못이라도 되는 것처럼, 신음하며 깨어나는 너를 차마 볼 수 없었단다.

발톱이 없는 아이의 신체적 조건이 핸디캡이 되어 아이가 답답해서 양말을 벗으려고 하면 엄마인 너는 한사코 신기려고 실랑이하는 광경이 머릿속에 그려지기도 했단다. 그러나 발톱이 없는 아이의 발을 가려 주려고만 한다면 그때부터 아이의 마음에는 그늘이 드리워질 것이다.

우리도 장애를 가지고 살아오면서 우리 자신보다 다른 사람이 부끄럽게 여기고 가려 주려 할 때 더 비참해지지 않았니? 훌륭한 부모는 결코 자식에게 그런 그늘을 주지 않을 것이다.

지선아, 우리가 단 한 번이라도 발톱이 있음을 감사하거나 소중하게 생각한 적이 없었던 것처럼, 사실의 세계에서 보면 발톱은 그 필요성의 비중보다는 다른 사람들이 다 있으니까 있어야 한다는 생각이 더 큰 비중을 차지한다고 생각한다. 조 서방을 보더라도 발톱이 없어서 활동하는 데 지장이 있는 것도 아니며 다른 사람에게 해를 끼치거나 부담을 주는 것은 더더욱 아닌 것처럼 그것은 그냥 발톱이 없다는 사실, 그 이상도 이하도 아니지.

지금도 그분은 인간이 만든 편견이나 고정관념의 틀 안에서가 아니라 바로 이러한 사실의 세계에서 우리를 보고 계시기에 우리에게 '하늘에 계신 우리 아버지'가 되는 것처럼 우리도 그분의 시각으로 세상을 볼 수 있을 때만이 진정 그분의 자녀일 수 있으며 우리가 있는 곳은 어디든 천국이 되리라 생각한다.

옛날에 일본 국회에서 한쪽 눈이 없는 어느 의원이 반대당 의원과 논쟁을 하다가 반대당 의원으로부터 "외눈깔로 세상이 제대로 보이겠느냐"는 야유를 당하게 됐다고 한다. 일순, 의회장 안이 무겁게 긴장했을 때 야유를 당한 의원은 조금도 당황하거나 화를 내지도 않고 딱 한마디, "일목요연(一目瞭然)!"이라고 대답하자 의회장 안에는 환호성과 함께 우레와 같은 박수가 터졌다고 한다. 악의적인 야유까지도 너그럽게 받아넘길 수 있는 자신감! 비록 장애를 가졌지만, 우리도 그렇게 의연하고 멋진 삶을 살 수 있으면 좋겠구나.

지선아, 이 글의 제목이 혹 너에게는 아프게 느껴질지 몰라도 아이가 발톱이 없다는 사실을 꺼리거나 숨기지 않고 당당하게 말하고 싶은 나의 마음으로 받아주기 바란다.

'아이의 상태에 대한 불만보다는 건강을 주신 것만으로도 감사하며 잘 기르겠노라'고 내게 말했듯이 어릴 적부터 아이답지 않게 사려가 깊었던 너는 아이를 훌륭하게 양육시킬 만큼 넉넉한 '품'을 가졌음을 나는 믿는다. 아이는 그분의 은혜 안에서 아빠 조 서방처럼 착하고 겸허한 성품과 엄마처럼 지혜롭고 사려 깊은 인격으로 자라게 될 것이다.

태어나기 전부터 내가 이름을 지어 준 민영이를 가슴에 꼭 안고 있노라면 스러질 듯이 가녀린 숨소리, 안고 우유를 먹일 때면 젖을 빨아 넘기는 가슴 저리도록 애틋한 생명의 소리가 마치 또 하나의 작은 너를 보는 양 사랑스럽구나.

이렇게 예쁜 손녀를 갖게 된 흐뭇함으로 늦가을 대기가 밤이슬에 젖듯이 나는 지금 하늘이 내리시는 평안으로 젖고 있단다.

껍질을 벗을 때

허물을 벗는 아이 | 최정숙

‘엄마!’를 부르며 허물 하나 벗고
‘아빠!’를 부르며 허물 하나 벗고
슈퍼에 혼자 가며 허물 하나 벗고
놀이터에 혼자 가며 허물 하나 벗고
받아쓰기를 하며 허물 하나 벗고
알림장을 적으며 허물 하나 벗고
친구 이름 한둘 기억하며 허물 하나 벗고
이제는 엄마와 떨어져
혼자서 씩씩하게 학교에 가는 걸로
허물을 벗어 던지는 우리 남기!

하나하나의 허물을 벗을 때마다 얼마나 힘이 들까?
그러나 그 하나하나의 허물을 벗으면서
나에게 기쁨과 감사의 눈물을 선물하는 우리 아이!
언젠가는 우리 남기를 짓누르고 있는
무거운 허물을 모두 모두 벗어 던지고,
밝은 세상을 향하여
아름다운 날개짓으로 힘차게 날아오를 모습을 바라보며
오늘도 감사와 기쁨으로 하루를 시작합니다.

초등학교 1학년인 남기는 오늘 처음 혼자 학교에 갔다. 애초부터 혼자 가려고 나섰던 게 아니라 매일 남기를 데리고 다니는 같은 반 아이가 오늘은 웬일인지 먼저 가버렸기 때문이다. 차가 다니는 도로를 차를 피해 건너면서 남기는 그동안 아이들과 다니던 길이 아닌 가로수 보도블록을 택해서 걸어갔다.

그 길은 입학하고 나서 한 학기 내내 엄마와 손잡고 다니던 길이었다. 벚꽃이 떨어지던 그 길을 엄마와 서로 쫓고 쫓기면서 웃고 장난하며 다니던 길에 오늘은 꽃잎 대신 나뭇잎이 하나둘 떨어지고 있었다. 남기는 그 길을 가방을 멘 채 의젓하게 걸어갔다.

남기를 데리고 가는 아이가 먼저 가버렸다는 소식을 듣고 혼비백산 달려 나온 엄마는 의젓하게 혼자 가고 있는 모습이 신기하고 대견스러워 계속 미행(?)을 하다가 남기가 가로수 길로 들어서는 그 순간, 울컥 눈물이 솟구쳤다.

세상을 향해 문을 닫아 버린 아이, 무엇이든 보려고도, 들으려고도, 말하려고도 하지 않는 아이, 저 혼자만의 세계 속에 웅크리고 숨어서 다른 사람이 이해할 수 없는 행동과 말과 표정을 짓는 아이, 그 보이지 않는 문을 부수고 벽을 헐기 위해 엄마는 지난 5년 동안 아이한테 매달렸다. 모두 부러워하는 직장에 대한 자진 사퇴는 자신의 인생을 포기하는 결단이었다.

건강한 몸, 반듯하게 잘생긴 용모, 어느 한 군데 빠진 것 없이 보이는 아이, 그러나 아무리 치장을 하고 사랑스럽게 감싸 주어도 밖을 인지하지 못하는 아이의 비정상적인 행동은 엄마의 가슴에

초대의 글
화려한 봄날,
정성껏 그린 저의 작품들을
선보이게 되었습니다.
제가 가진 장애로 인해
제 그림에 대해 자세하게
설명을 할 수는 없지만,
저만의 시선으로 바라본
사물에 대한 깊은 관조와 집중력으로
정성을 들여 채색을 하노라면
너무도 즐겁고 행복 했습니다.
이번에 전시하는
저의 작품 하나 하나는
긴 겨울을 이겨내고 나온
새싹들처럼 그렇게 완성되었답니다.
햇살과도 같은
따스한 마음으로 감상해주시고
더불어 많은 격려도 부탁드립니다.

그림에 남다른 재능이 있는 남기는 지난 2015년에 개인전을 열었고, 얼마 전에는 장애인 프로그램에 초빙교사로 가기도 했다.

칼로 도려내는 아픔이 되어 통곡을 속울음으로 삼키게 했다.

세상에 내놓기가 늘 불안한 아이! 할 수만 있다면 차라리 상한 자신의 가슴속에 새가 알을 품듯 품어 버리고 싶었다. 그러던 아이가 껍질을 하나씩 벗고 있었다. 그것은 어둠 속에서 비치는 한 줄기 빛이었다. 그 빛으로 엄마의 가슴에는 상처가 아물고 조금씩 새살이 돋아나고 있다. 아이의 껍질이 벗겨지는 만큼씩 새살이 되고 있다.

동, 식물을 포함해서 껍질이 없는 것은 거의 없는 것 같다. 씨앗은 껍질이 벗겨져야 싹이 나온다. 꽃은 봉오리가 터져야 피어난다. 파충류나 조류는 알이 깨져야 새끼가 나오고, 곤충도 번데기에서 껍질을 뚫고 나와야 날개를 단 완성된 모습이 될 수 있다.

남기처럼 자폐 증세를 가진 경우만이 아니라 많은 이들이 껍질을 벗지 못하고 있다. 유대인들은 생후 8일이 지나면 할례를 행하므로 하나님과 계약을 맺은 백성으로서 가나안에 들어갈 자격을 삼았지만, 그들은 광야에서 하나님을, 그리고 약속의 땅을 잃어버렸다. 맹세의 흔적은 몸에 가졌지만 끝내 마음의 껍질을 벗지 못하고 어둠 속에 묻히고 말았다.

가나안 땅을 앞에 둔 모세는 그들에게 마음의 할례를 강조했다. 그것은 몸에 남긴 칼자국이 아니라 양심을 가르고 심장을 꿰뚫는 영혼의 솟구침이다. 눈에 보이는 인지(認知)만이 아니라 영혼을 일깨우는 천상의 '눈뜸'이다.

참으로 눈을 뜬 사람이라면 믿음의 흔적보다는 인간 존재의 깊은 심연 속에 성령의 칼자국을 가진 사람이며 날마다 할례의 피 흘림을 체험하는 사람이다. 눈에 보이는 세상의 껍질에만 싸여 하늘을 인지하지 못하는 영적인 폐쇄 증세가 얼마나 많은가? 신앙을 가지고 살면서도 교리라는 손거울로 한정된 부분에만 매여 탁 트인 하늘 한번 제대로 보지 못하는 이가 얼마나 많은가?

이 아이뿐만이 아니라 우리 모두 자신을 짓누르는 것들을 벗어나 빛나는 날개를 달고 하늘을 날 수 있어야 할 것이다. 늘 찬송가를 부르고 듣기를 좋아하는 아이, 한 주간 내내 교회 주일학교만을 기다리는 아이, 기도하기를 잊지 않는 아이, 어쩌면 이 아이는 이미 껍질을 벗고 누구보다도 더 멀리 하늘을 보고 있는지도 모른다.

아픔의 미학

시리아의 전설 중에 이런 이야기가 있다. 어떤 사냥꾼이 아들을 데리고 사냥을 나갔는데 그날은 이상하게도 토끼 한 마리 구경할 수가 없었다. 저녁때가 되어 돌아오려고 할 때 갑자기 눈앞에 수많은 들소의 무리가 보였다. 사냥꾼은 아들을 그 자리에 두고 짐승을 쫓았다. 그러나 짐승을 본 것은 환상이었다. 다시 아들이 있던 곳으로 돌아와 보니 아들은 없어지고 땅에 핏줄기가 흐르고 있었다. 깜짝 놀란 사냥꾼은 핏줄기를 따라 골짜기로 들어갔다. 한 동굴에 마술사가 불을 피우고 춤을 추고 있었다. 사냥꾼은 총을 겨냥하여 그 마술사를 한 방에 죽이고 아들의 시체를 찾았다.

집에 돌아오자마자 사냥꾼은 아내에게 말했다.

"오늘은 이 세계에서 가장 진귀한 짐승을 잡았소. 이 짐승은 아직 한 번도 슬픈 일을 당해보지 않은 집에서 냄비를 얻어다가 끓이면 만병통치약이 된다오."

아내는 온 동네를 다니며 냄비를 빌리려고 했지만 슬픈 일을 당해보지 않은 가정이란 한 집도 없었다. 그래서 결국은 냄비를 못 얻어오고 말았는데, 그때 사냥꾼은 "그 모든 가정이 다 겪은 슬픔을 오늘은 우리가 겪을 차례요" 하고 아들의 시체를 내놓았다는 것이다. 아픔 없는 삶이 어디 있겠는가?

들녘을 지나노라면 문득 발밑에서 눈에 띄지 않게 잔잔하게 웃고 있는 들꽃이 있다. 거친 땅, 찬바람, 비바람 속에서도 강인한 생명력으로 피어나는 신비로운 아름다움을 그 작고 여린 얼굴에서 볼 수 있음은 애잔한 감동이다. 그 한 송이 들꽃처럼 시련과 고통에 대한 우리의 자세도 인내와 성실함으로 꽃을 피워 올리는 기도의 자세가 아닐까 생각해 본다.

우리 교회에는 들꽃처럼 작은 얼굴에 잔잔한 미소를 가지고 열심히 신앙을 살아가는 여인이 있다. 직장을 가진 40대 여성이지만 이제껏 그녀의 말소리를 크게 들어본 적이 없다. 인사를 나눌 때도 조용한 미소와 함께 작게 움직이는 입만 보일 뿐이다. 그렇게 그녀는 겸손하게 교회 생활을 하고 있다.

그녀가 우리 교회를 나오기 수년 전부터 헌금함에는 누군가의 헌금이 있었다. 직접 와서 아무도 모르게 남편의 이름으로 한 헌금을 대할 때마다 누군지 얼굴도 모르지만, 기도를 바라는 간절한 마음이 느껴졌다. 그녀에게는 가정적인 어려움으로 힘든 기간 내내 성경전서를 필사본으로 두 권이나 넘게 쓰면서 인내하고 기도해 온 긴 세월이 있었다고 한다.

그녀가 팔을 다친 상태에서 수요예배 참석을 위해 남편에게 운전을 부탁했을 때, 남편은 교회에 도착할 때까지 내내 왜 먼 교회를 다니느냐고 불평하며 먼 교회를 다니는 사람들의 잘못된 생각들을 계속 비판하면서 교회에 도착했다고 한다. 그리고 이왕 왔으니 밖에서 기다리느니 함께 들어가자는 말에 마지못해 들어와 어색하게 예배를 드렸던, 아니, 예배를 지켜보았던 바로 그 수요일 밤에 성령의 조용한 역사가 그의 마음에 임하신 것이다. 그리고 그날 이후로 아내보다 더 열심히 교회생활을 하게 되었다.

남편이 교회에 출석하자 그녀는 성경 문제지도 두 장씩 제출했다. 같은 필체로 작성된 다른 이름의 두 장의 문제지를 채점하면서 나는 또 기도하는 그녀의 마음을 느낄 수 있었다. 얼마 지나지 않아 그녀의 남편도 성경 문제지로 공부하기 시작했다.

그들이 가정적으로 겪었던 어려운 시련이 무엇이었는지는 구체적으로 모르지만, 그 긴 터널을 지나 그동안 어느새 장정이 되어버린 듬직한 두 아들까지 앞세운 부부의 다정한 모습은 강인하고 향기롭게 핀 들꽃처럼 그렇게 겸허한 모습으로 교회를 밝혀주고 있다.

나는 지금 한 송이 들꽃을 보듯, 소리 없이 나풀거리는 눈송이를 보고 있다. 그 눈부신 작은 눈송이를 조용히 들여다보면서 귀를 기울이면 눈이 하는 이야기가 들려온다.

"아, 나는 이미 물이 아닙니다. 견디기 어려운 공기와 온도의 변화 속에서 냉각되기도 했고, 산화되기도 했던 나는 물이되 온전한 물이 아닙니다. 내가 물로만 존재할 수 없었던 시련 속에서 나는 천 갈래 만 갈래로 찢기고 상처를 입었습니다. 그러나 그 아픔과 그 시련이, 지금 나를 이렇게 아름답고 눈부신 존재로 만들었습니다."

우리는 현미경으로 비춰 본 눈의 결정체를 기억하고 있다. 그런 결정체들이 수천 개 엉겨 붙어서 1cm도 안 되는 하나의 눈송이를 이루고 있는데 그 복잡하고 섬세한 구조들이 오히려 빛을 반사할 수 있는 굴절이 되어 더욱 눈부시게 아름다운 빛을 발하는 것이다.

우리에게도 그런 시련과 아픔의 굴절들이 있는가? 한 송이 들꽃이나 눈을 볼 때, 겉으로 보이는 아름다움만이 아니라 좀 더 깊이 들어가 그 아름다움을 피우기 위한 눈물과 인고와 아픔을 볼 수 있다면 우리의 삶에 돌기(突起)처럼 존재하는 아픔의 의미도 찾을 수 있지 않을까?

아직도 눈은 내리고 있지만, 어항 속의 금붕어가 입질을 시작하는 것으로 보아 이제 겨울도 얼마 남지 않은 것 같다.

다시 박히는 못

고급 가구일수록 쇠못이 아닌 나무 자체로 끼워 맞추거나 나무못으로 고정해서 제작한다. 쇠못은 시간이 흘러도 나무와 하나가 되지 못하기 때문에 흠집을 내고 언젠가는 나무가 어그러지면서 못이 튀어나오게 되는데 그와 같이 사람의 가슴에 박힌 못도 음식물처럼 소화되지 않고 늘 아픔으로 남는 것 같다. 그래서 잊은 줄만 알았던 기억도 어느 순간 그 못을 건드릴 때는 전율처럼 찌르르하게 잊었던 통증이 살아나기도 한다.

어느 날 갑자기 방문한 사회복지사 직원이 얼굴도 기억나지 않는 그녀의 엄마를 찾았다고 했다. 처음에는 믿어지지 않아서 얼떨떨했지만, 엄마 쪽에서는 보고 싶다고 하니 원하면 만나게 해주겠다고 하자 그녀는 냉정하게 고개를 저었다. 왜 그러느냐고 묻자 엄마의 얼굴도 모를 뿐더러 그동안 힘들게 살아오면서 자기를 버린 엄마가 많이 원망스러웠다는 것이다. 그러나 그녀는 그날 밤 잠을 잘 수가 없었다.

엄마를 찾았다는 말이 꿈처럼 믿어지지 않으면서도 엄마를 만날 수 있다는 설렘으로 꼬박 뜬눈으로 밤을 새웠던 것이다. 이튿날 나는 엄마가 어떻게 생겼는지 만나 보고 싶다는 그녀의 뜻을 사회복지사에게 전했고, 그녀는 종일 엄마를 만날 수 있다는 기대감에 들떠 있었다.

"나도 이제 엄마가 있다고, 엄마를 찾았다고 자랑하고 싶다"는 등 이런저런 말들을 하면서 전화벨 소리가 날 때마다 바짝 긴장하여 얼굴이 상기되었다.

이튿날 당장에라도 엄마를 만나게 해줄 듯이 장담하던 사회복지사는 그쪽에서는 이미 재혼하여 가정이 있으므로 자신의 연락처를 알려주는 것도 원하지 않으니 기다리지 말라는 것이었다. 그러면 애초에 왜 원하면 만나게 해주겠다는 거짓말(?)을 했는지 그 저의가 궁금했다. 그리고 한번 버림받은 것도 아픈데 다시 버림을 받아 못자국 난 자리에 다시 못이 박히는 그녀의 입장이 너무 안쓰러웠다.

"괜찮아요. 옛날처럼 생각 안 하고 살 거예요. 내가 뭐 … 엄마하고 산다고 그랬나. 난 여기가 좋아. 그냥 얼굴이 어떻게 생겼는지 궁금하니까 한 번만 보고 싶다는 건데…." 차라리 펑펑 우는 것보다 눈물도 흘리지 못하고 순간순간 눈시울만 붉어지는 모습이 더 마음을 아프게 했다.

위로를 해주려고 "여인이 어찌 그 젖 먹는 자식을 잊겠으며 자기 태에서 난 아들을 긍휼히 여기지 않겠느냐 그들은 혹시 잊을지라도 나는 너를 잊지 아니할 것이라"(사 49:15)는 말씀을 들려주자 그녀는 기어이 눈물을 흘리고 말았다.

꽃마다 조롱조롱 열매를 맺는 날, 그녀에게 부모의 이름이라도 알게 해주려고 주민센터에 데리고 가서 호적등본을 떼어 아빠 엄마의 이름을 알려주자 그녀는 그 종이 서류가 마치 자기 부모라도 되는 것처럼 소중하게 가슴에 안았다.

지적장애가 있다고 해서 그리움도 없겠는가! 지금도 그녀는 전화벨 소리만 나면 토끼 귀가 되고 날마다 듣는 까치 소리에도 "아침에 제비(까치를 제비로 늘 혼동)가 울면 반가운 소식이 온다는데…" 하면서 따가운 햇살 너머로 먼 산을 바라본다.

갖가지 열매가 익어가는 이 초록빛 여름이 그녀의 가슴에 생명력 있는 산소가 되어 상처가 아물고 아픔도 슬픔도 찬연한 은총의 열매로 익어가기를 기도한다.

눈물 골짜기

잊어 버릴 만하면 생각나는 기억이 있다. 뇌병변장애를 앓아 온 딸을 30여 년 동안 돌보던 어머니가 수면제로 동반 자살을 시도해서 딸을 죽음에 이르게 했다는 TV 뉴스를 보고 있노라니 지금도 생각하면 가슴이 먹먹해지는 옛날 일이 생각난다.

그 형제는 삼십 세도 안 된 젊은 나이였다. 그러나 기력은 팔순 노인보다 더 쇠잔하여 겨우 앉아 있을 정도의 중증장애였다. 늘 웃는 얼굴로 찬송을 불렀으며, 특히 자신의 기도와도 같은 찬송을 부를 때면 가슴이 먹먹했다. "♬~눈물 골짜기 더듬으면서 나의 갈 길 다 간 후에 주의 품 안에 내가 안기어 영원토록 살리로다" 그러던 그가 건강 상태가 악화됐다.

내가 찾아갔을 때는 몸의 괄약근도 풀렸는지 누운 채 대소변을 옷과 침구류에 흘리고 있는 상태였지만, 연로하신 부모는 아예 병원에 데려갈 생각도 없이 포기한 상황이었고, 내게는 그러한 부모를 설득할 힘이 없었다. 아무런 도움도 줄 수 없는 내가 하는 일이라고는 며칠 만에 한 번씩 찾아가 기도하는 일뿐이었다.

그러던 중, 나라도 일단 병원에 데리고 가야겠다는 생각이 들었다. 당시 아무것도 가진 것이 없던 나는 승합차를 빌리고 봉사하는 청년들과 함께 가서 마치 납치하듯이 그 형제를 안아서 차에 태우고 도립의료원으로 갔다. 병원에서는 상태는 심각한 것 같은데 장비가 부족하니 대도시에 있는 큰 병원으로 가라는 말이 전부였다. 우리는 패잔병처럼 그 형제를 안은 채 일단 돌아올 수밖에 없었다.

큰맘을 먹고 감행했던 용기는 헛수고가 됐다. 이제는 극구 말리던 그 부모님을 뵐 낯조차 없어졌다. 우리는 눈치를 보면서 그 형제를 방안에 눕혀놓고 마치 죄를 지은 것처럼 얼른 되돌아 나왔다. 체면이 말이 아니었다.

다시 방문했을 때 시골교회 권사님인 그 어머니는 굳게 결심한 표정으로 그 형제에게 금식기도를 하게 했다고 말했다. "우리가 겪고 있는 이 어려움은 아무도 모릅니다. 내가 죽고 나면 우리 아들을 누가 돌봅니까? 그리고 이 자식으로 인해 다른 자식들의 앞길을 막고, 그 자식들에게 감당하기 어려운 짐까지 물려 줄 수는 없지 않습니까? 그래서 금식기도로 하나님께 맡기고 치유해 주시든가, 아니면 데려가시든가 둘 중에 하나로 응답해 주시기를 기도하라고 했습니다"라고 단호하게 말했다. 그 말은 이미 포기한 자식보다 건강한 자식들의 삶이 소중하다는 논리로 들렸다.

그 후, 내가 마지막으로 본 그 형제의 모습은 눈두덩이 푹 꺼지고 물조차 금한 지독한 금식으로 위아래 입술마저 바짝 말라 이(齒)에 달라붙은 채 숨만 깔딱거리던 모습이었다.

비가 내리는 밤, 그날따라 유난히 답답한 마음으로 기도를 하고 있는데 문득 그 형제의 금식을 나 외에 유일하게 알고 있다는 그 형제 어머니가 다니는 교회 목사님이 생각났다. 일면식도 없지만 이런 상황에 대해서 의논이라도 하고 싶은 마음에 전화했는데, 초상이 나서 입관 예배를 드리러 가셨다는 것이다. 그 말을 듣는 순간 가슴이 쿵! 하고 내려앉았고, 확인한 결과 내 예상은 빗나가지 않았다.

비 오는 그날 밤, 불쑥 들어서자 그 어머니는 놀라며 당황해했다. 목사님은 이미 입관을 마치고 돌아간 후였다. 그리고 그렇게 봐서인지는 몰라도 서울에서 왔다는 자녀들과 더불어 가족들이 닭백숙을 놓고 둘러앉아 있는 화기애애(?)한 분위기는 초상집이 아니라 마치 잔칫집 같았다. 그리고 그들은 오히려 나를 위로해 줬다.

그 후, 그 형제가 생각이 날 때마다 비참하게 살았던 나사로가 죽은 후에는 천사들에게 받들려 아브라함의 품에 안겼듯이, '자신이 찬송으로 고백해 왔던 믿음대로 주님 품에 안겼으니 오히려 잘된 일이 아닌가!'라고 마음을 돌리곤 했다. 그러나 처참했던 그의 마지막 모습만은 뇌리에서 지워지지 않았고, 동시에 그 어머니가 참으로 모질다는 생각마저 떨쳐버릴 수는 없었다.

수개월이 지난 어느 날 그 어머니가 불쑥 찾아왔다. 그리고 "잠깐 기도 좀 하고 가겠습니다" 하고 곧장 예배실로 들어가더니 아들이 생전에 앉아서 예배를 드리던 그 자리에 엎드려 대성통곡했다. 오랫동안 억눌러온 슬픔을 풀어놓듯이, 애간장이 끊어지는 듯한 울음을 한동안 통곡으로 쏟아놓은 후, 짧은 인사를 하고 돌아갔다. 그것은 말로 다 표현할 수 없는 그분의 가슴에만 맺힌 한(恨)으로 느껴졌다. 그 마음을 온전히 다 이해할 수 없다면 누구라도 함부로 판단이나 비난을 할 수 없을 것 같았다.

내가 아무리 그 형제를 안쓰럽게 여긴다고 해도 어떻게 그 어머니의 마음과 비교할 수 있겠는가? 그리고 그 형제의 죽음에 대한 기억이 아무리 내 가슴에 아프게 남아 있다고 해도 그 어머니의 가슴에 박힌 대못과는 비교할 수 없을 것이다.

뉴스에 나온 60대 어머니는 집행유예를 받았다고 한다. 이유는 38년 동안 헌신적으로 딸을 보살펴온 사실과 최근에는 그 딸이 대장암 말기로 항암치료까지 받으며 극심한 고통에 시달려온 정황이 참작되었기 때문이라고….

나는 앞으로도 이런 뉴스를 접할 때마다 눈물 골짜기를 더듬으며 떠난 그 형제와 그리고 내가 온전히 헤아릴 수 없었던 그 어머니의 통한(痛恨)을 떠올리게 될 것 같다.

울지 못하는 아이

영성 프로에 같이 참여했던 젊은 목사님이 있었다. 어느 해 겨울, 그때도 함께했던 프로 순서 중에 심리치료 시간이 있었는데 그 목사님이 대상이 되어 어린 시절을 실연(實演)했을 때, 빙 둘러앉아 보고 있던 다른 이들과 함께 나도 처음에는 웃으며 재미있게 보다가 어느 순간부터 가슴이 먹먹해졌다.

아빠도 없는 아이가 초등학교에 들어가기도 전에 엄마는 개가(改嫁)하고 아이는 할머니 손에서 자랐다. 학교에 다니던 아이는 어느 해 가을, 엄마를 만났다. 운동회 날이었다. "네 엄마가 저기 왔다!"고 알려주는 동네 아주머니의 손에 이끌려 숨이 차게 뛰어가 보니 엄마는 사과 광주리를 앞에 놓고 사과를 팔고 있었다.

"자! 네 엄마다 '엄마!' 해라" 하면서 등을 떠미는 아주머니의 손에 밀려 엄마를 바라본 아이는 그러나 "엄마!"라고 부르지 못하고 그냥 서 있을 수밖에 없었다. 엄마가 아이를 그저 물끄러미 바라보다가 아무 말도 없이 무심하게 사과 한 알만 불쑥 내밀었기 때문이다.

꿈처럼 엄마를 만났지만, 사과 한 알만 받아 들고 돌아설 수밖에 없었던 아이는 주먹으로 눈물을 닦으며 돌아오는 길에 사과를 멀리 던지면서 사과와 함께 엄마에 대한 그리움도 던져 버렸다. 그리고 외로움과 어려움 속에서도 울지 않고 신앙으로 잘 이겨내며 성장했다. 그러나 그 순간 울지 못했던 아이의 가슴은 우리 모두의 가슴에 아프게 전해졌다. 그리고 나는 지금도 내 삶의 현장에서 그러한 아픔들을 계속 느끼고 있다.

자폐 증세가 많이 회복되어 가는 초등학교 2학년인 남기는 간단한 대화는 가능하지만, 아직도 상황에 따라 구체적인 언어 표현이 부족하다. 예를 들어 제 엄마가 "이를 닦고 씻고 오너라!" 해서 세면장엘 갔다가 다른 사람이 있어 되돌아오면 그걸 모르는 엄마는 "씻고 오라니까 왜 그냥 오느냐? 빨리 가서 씻고 와!" 하면 "다른 사람이 있어요. 조금 있다가 씻을게요" 이렇게 상황 설명을 하지 못하고 말없이 다시 세면장으로 가는 모습이 안쓰럽다.

자폐 성향이 나타난 후로는 소리 내어 엉엉 우는 모습을 보지 못했다. 소리 내는 울음으로 자기감정을 시원하게 쏟아놓지 못하고 그냥 주먹이나 손바닥으로 눈물을 자꾸만 닦아내면서 참아내는 그 울지 못하는 아이의 모습을 볼 때면 가슴이 아려 온다.

초등하교 1학년인 '이삭'이는 보지 못하는 아이이다. 여자아이처럼 예쁘고 섬세하게 생긴 남기에 비하면 이삭이는 떡 벌어진 체격에 성격도 우락부락하고 활동적이며 남자다운 아이인데 2년 전에 교통사고로 뇌를 심하게 다쳐 시각장애를 갖게 되었다.

그 외에도 다 일일이 다 열거할 수 없는 여러 가지 아픔들이 있지만, 이런 아픈 심령들을 주님 품에 모아 주심이 얼마나 감사한가. 교회에 오는 걸 기뻐하는 아이들, 부모의 헌신적인 사랑과 주변의 따뜻한 관심 속에서 밝게 자라는 아이들을 보면서 언젠가는 반드시 껍질을 깨뜨리고 비상(飛上)하게 될 것을 믿는다.

슬픔만큼, 아픔만큼 그 이면에 큰 은혜를 예비해 놓으셨음을, 그러한 은총의 역사를 이루기 위해 이들을 부르셨음을 믿는다.

뽀얀 아침 안개를 헤치고 예배당에 올라가 기도할 때면 때로는 '울지 못하는 아이'가 되기도 하는 나를 안아 주시는 그분의 커다란 품을 느낀다. 그 사랑 안에서 오늘은 젖은 여름을 살았던 마음을 한 겹씩 접는다.

여름내 부산하게 먹어대던 어항 속의 거북이도 입질이 뜸해지고 사색에 들어갈 즈음에 ….

산책로 유감

나는 요즘 산책을 하는 대신, 두 개의 넓은 통유리로 된 창을 통해 실내에서 사계절을 만나고 있다. 이유는 움직이기가 싫어서도 아니고, 처음부터 그랬던 것도 아니었다. 늘 시골의 정취를 그리워했던 나는 20년 전 이곳에 오면서부터 하루도 빠짐없이 시골길을 산책했다. 공해도, 소음도 없는 조용하고 맑은 시골길, 이른 아침이면 물안개 자욱하게 피어오르는 방죽, 낮에는 새소리, 매미 소리를 들으며 산책하다 보면 사색과 함께 기도로 생각이 정리되기도 했다.

흙내음 속에서 밭작물이 익어가는 내 산책로의 끝에는 잃었던 고향처럼 작은 초가집이 있고, 호박과 고추를 널어놓은 마당 한쪽에는 검은 아궁이에 가마솥도 걸려 있었다.

나는 마치 콜럼버스가 신대륙을 발견한 것처럼 지인들에게

'나의 산책로'를 자랑하기도 했다. 그 후, 시내 호수공원 근처에서 몇 년 동안 커피를 내리며 '쉼터'를 운영하다가 다시 돌아왔지만, 예전과 같이 산책은 할 수 없었다. 그러나 그 이유가 그림처럼 멋진 호수공원 산책로에 있다가 온 때문만은 아니었다. 그동안 내 기억과는 다르게 변해 버린 불편하고 낯선 상황들이 내게는 마치 고향을 잃어버린 것 같은 상실감이 되면서 마음의 문을 닫게 된 것이다.

농기계들로 인해 엉망이 된 도로의 흙덩이들을 피해서 가다 보면 곳곳마다 개가 짖어대는 소리는 어디선가 커다란 개가 금방이라도 튀어나와 달려들 것처럼 불안했다. 그리고 멀리 보이는 솔산이 붉은 배를 드러내고 누워 있을 정도로 훼손된 걸 보면 산책로 끝에 있던 초가집도 어쩌면 이미 없어졌을지도 모르는데, 구태여 찾아가서 상실감에다 공허감까지 더해서 가져오고 싶지 않았다.

산책로를 가다 보면 지금은 사용하지 않는 공중전화가 걸려 있는 구멍가게가 있고, 그 가게 앞에는 커다란 느티나무가 있는데, 그 아래 평상에는 막걸리 잔과 더불어 어르신들의 웃음소리와 이야기 소리로 늘 시끌벅적했다. 내가 조심스럽게 지나갈 때면 이따금 할머니들이 "같이 이야기도 좀 하고 놀다 가라"고 부르시기도 했지만, 나는 그때마다 사양하며 청산리 벽계수처럼 그냥 지나쳤다. 그때는 그분들이 항상 그곳에 그 모습으로 계시리라 여겼다. 그런데 지금 그 자리에는 어르신들이 숨 쉬던 바람만 이 맴돌며, 느티나무가 떨구는 붉은 꽃잎들을 이리저리 날리고 있다.

먼저 가신 할아버지가 생전에 커피를 좋아하셨다면서 늘 커피를 끓여서 보온병에 담아 들고 산소에 가시던 허리가 많이 굽은 할머니의 모습도 이제는 보이지 않는다. 갈증이 나면 물을 마시러 오셔서 밭 가장자리에는 우리 몫으로 콩을 심었다고 하시던 마음이 너르신 할머니 역시 이제는 뵐 수가 없다.

말도 하지 못하고 서 있는 느티나무는 그동안 몸통도 더 굵어지고 무성하건만, 농사일도 잘하시고 큰소리로 웃으며 얘기도 잘하시던 어르신들은 나무보다도 먼저 허무하게 가셨다. 막걸리는 못 마시더라도 그때 함께 앉아 한나절 웃으며 이야기라도 나눌 걸 그랬다. 갈증으로 물을 마시러 오는 할머니께 생수나 음료수만이 아니라 한 번쯤은 시원한 수박이라도 준비했다가 드릴 걸 그랬다. 시간은 숫자의 변화만이 아니라 늘 그 자리에 있으리라 여겼던 모든 것들을 소리 없이 앗아가고, 그 빈자리마다 쓸쓸한 회한의 바람으로 채우고 있다.

나는 이제 산책 대신 통유리를 통해서 하얀 목련과, 발아하는 나뭇가지와 노란 은행잎과 산비둘기들을 만나고, 그리고 펄펄 내리는 함박눈, 뿌옇게 비안개를 뿜어내는 봄비, 시원하게 쏟아지는 소낙비도 실내에서 차를 마시고 독서하면서 감상하고 있다.

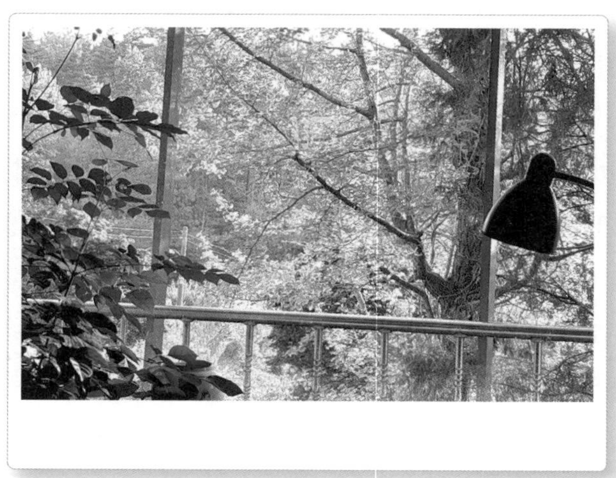

시간이 더 흐르다 보면 머물다 떠나는 구름처럼 나도 언젠가 이 자리에서 사라지게 되리라 생각하면서.

"너희 생명이 무엇이냐 너희는 잠깐 보이다가 없어지는 안개니라"(약 4:14).

생명,
그 잡을 수 없는 허무

“목사님, 10월이면 항암치료 끝나니까 그때 맛있는 거 사 줘요.” 만나서 식사라도 하자는 말에 지금은 아무것도 먹을 수가 없다는 힘없는 말끝에 그래도 어리광처럼, 희망처럼 달았던 그녀의 말이었다. 그러나 10월을 보내고 고통으로 추운 겨울을 넘기면서 봄이 시작되는 3월, 목련이 채 피기도 전에 그녀는 떠났다.

참으로 안타까운 삶이었다. 건강한 몸으로 20세까지 활동적인 젊은 시절을 보내던 그녀가 예상하지도 못한 의료사고로 인해 척수장애로 하반신 마비가 되고 그 후, 가슴 아래부터 신경이 마비된 상태에서 아이를 갖고 출산하는 모습을 나는 사역을 시작하기 전부터 곁에서 지켜보았다.

내가 사역을 시작했던 초기에 장애를 갖기 전에 만났던 남편과 이혼하고 형편없이 야윈 애처로운 모습으로 돌아온 그녀를 맞아 함께 생활하면서 돌보며 지냈다. 그러다가 우리 신앙공동체 가족 중의 형제 한 사람과 새로운 출발을 할 때까지 우리는 목회자와 성도라는 관계를 넘어 친근한 자매처럼 지내왔다.

수많은 목사들의 은혜의 메시지 중에서도 늘 나라는 한 연약한 목사의 메시지만을 그리워 해왔던 그녀는 참으로 나에게 고맙고 힘이 되었던 사람이었다.

장애를 갖게 되면서부터 줄곧 욕창으로 고생을 해오다가 근래에는 유방암 수술까지 받고 항암치료를 하던 중 숨을 거둔 그녀의 빈소에 그녀는 목련꽃처럼 환하게 예의 그 낙천적인 표정으로 웃고 있었다. 그리고 그 옆에는 태동도 느끼지 못한 채 임신을 해서 출산했던 그녀의 딸과 사위가 있었다. 험난한 삶이었지만 그녀는 그 속에서도 기적을 살다 간 사람이었다.

더욱 마음을 아프게 한 것은 숨을 거두기 이틀 전까지 몇 마디씩이나마 대화는 나누었지만, 스스로 죽는다는 생각하지 않았기에 유언도 남기지 못한 채 숨을 거뒀다는 것이다.

신앙생활을 하는 그녀였지만 병상에서 생명이 스러져 가는 순간에도 눈만 뜨면 날짜를 헤아리며 곗돈 낼 일을 염려하고 탈 것을 계획했다는 사실이 더욱 안타깝고 안쓰러웠다.

그녀뿐만이 아니라 사실 누구나 살아가는 문제에만 관심이 있고 죽음에 대해서는 아무런 지식도 자신도 없으니 우리의 삶이란 얼마나 두렵고 불안한 것인가?

하나님을 믿는다는 것은 무엇인가? 그것은 곡예사가 공중에서 팔을 쭉 펴고 날아갈 때, 확실하게 받아줄 수 있는 사람에 대한 신뢰가 중요한 것처럼, 이 땅의 생명이 끝나는 날, 육신에서 이탈되는 우리 영혼을 받아주실 하나님에 대한 신뢰가 아닐까?

동물의 세계에도 귀소본능이 있는 것처럼 우리가 왔던 곳, 우리가 다시 갈 곳, 더 나은 본향인 하나님의 나라로 돌아갈 것을 소망하며 날마다 돌아가는 연습하는 것이 신앙의 삶이라고 생각한다.

세상의 온갖 아름답고 좋은 것들이 하늘나라의 영광을 반영한 비유요, 그림자에 불과한 것들이라면(계 21:10-11, 18-23) 그 실체는 과연 어떨까?

고난의 극치인 죽음을 통하여 새로운 생명이 시작되는 곳, 이승과 저승의 경계를 넘어 그 해 돋는 나라, 끊임없이 생성하고 소멸하는 한시적인 곳이 아니라 하나님의 의와 사랑이 다스리는 영원한 진리의 나라. 영생불사하는 꿈의 나라, 이러한 본향을 사모하며 찾아가는 신앙이야말로 부활의 표징이라고 할 수 있다.

사랑하는 이들이 내 존재의 편린(片鱗)처럼 한 사람씩 떨어져 나가듯이 나도 한 발자국씩 그곳으로 가고 있음을 느끼는 날, 세상의 슬픔과 수고로움을 잠재우듯 땅을 적시는 봄비처럼 나의 육신도 봄 숨으로 차오르고 있어 아직은 살아 있음을 느끼게 한다.

천민(賤民)인가, 천민(天民)인가?

하늘도, 물도, 숲도, 우리의 마음과 몸, 그리고 영혼까지도 투명해지는 지금, 잎이 말라가는 가을 숲에는 작은 산새들이 나무와 나무 사이를 빛살처럼 빠르게 반짝이며 날고 있다.

옛날 조선 시대에는 백정, 무당, 창기, 광대 등이 천민(賤民)에 속했다. 이들은 그러한 신분으로 인해 인간으로서 주어진 권리를 누리지 못할 뿐만 아니라 온갖 수모와 모멸감 속에서 억울하게 죄인처럼 숨죽이고 살아야 했다.

그중에 '백정각시놀이'라는 풍습은 백정의 아내가 눈에 띄면 짐승처럼 마음대로 잡아서 그야말로 장난감처럼 가지고 노는, 소름이 끼칠 정도로 야만적인 횡포였다.

일제 초에 있었던 일로 어린 딸의 학교 운동회를 보러 나갔던 어머니가 백정각시놀음을 당한 일이 있었다.

딸이 보는 앞에서 입에 재갈이 물려지고 남자들이 올라타 희롱하며 온갖 모욕을 줬다. 결국, 그 어머니는 집에 돌아와 자살했다. 그리고 그런 '백정각시놀음'으로 모욕을 당하는 아내를 그저 바라볼 수밖에 없었던 남편 중에서도 목을 매어 자살한 일도 있었다.

이런 사실들은 듣는 것만으로도 우리에게는 분노가 치밀어 올라 간접적인 트라우마가 되어 우울증에 빠지기도 한다. 그런데 그런 이야기들이 옛이야기만이 아니라 지금도 소위 갑질을 당하는 현대판 천민들이 있다는 사실이다.

이들의 사회적 위치는 한없이 낮아서 부당함을 고발하고 자신들의 권익을 목이 터지게 부르짖어도 그 소리는 땅에서 나는 소리처럼, 티끌에서 나는 소리처럼 짓밟히고 마는 경우가 흔하다.

근래의 적폐만이 문제가 아니라 먼 옛날부터 쌓여 온 이러한 폐단들이 아직도 절망과 아픔이 되고 있지만, 이러한 현상들은 모든 이들이 공감하고 의식하는 것은 아니다. 오히려 의식하지 못하거나 당연하게 여기기 때문에 문제가 되고 있다. 어두운 곳을 볼 수 있는 능력은 그 안에 있는 자나, 그 어두움을 품고 있는 자만이 가질 수 있는 것이다.

역사는 지배계급에 의해서 기록되지만, 그 역사를 만들어 가는 이들이 피지배계급이라면 천민(賤民)은 누구인가? 가진 것 없는 자들을 택해서 가졌다는 자들을 부끄럽게 하려 하시는 하나님의 뜻 안에서라면 가진 것 없이 살아가는 이들이야말로 사실은 천민(賤民)이 아닌 천민(天民)인지도 모른다.

나의 젊은 날은 장애로 인한 절망적인 현실과 사회의 편견 속에서 천민(賤民)일 수밖에 없었다. 하지만 싹을 틔울 수 없는 동토(凍土)에서도 가슴은 뜨거웠으며 봄바람에 홀씨처럼 늘 생명력으로 설레는 나날이었다.

눈물 속에서도 젖은 깃발처럼 펄럭이던, 그 서럽도록 푸르던 젊은 날부터 나는 혼탁한 세상에서 벗어나 초연하게 살고 싶었다. 그렇게 세상의 가녀린 것들을 향한 하늘의 뜻을 실현하는 삶이고 싶었다.

이제 겨울이면 등이 먼저 시리지만, 그래도 푸른 하늘이고 싶다.

그녀가 떠난 이유

그녀는 1983년도에 결혼과 동시에 한국을 떠났다. 장애인에 대한 인식이 척박했던 당시에 비록 장애를 가졌지만, 자기 일을 가지고 비교적 성공적인 모습으로 살았던 그녀가 꼭 떠나야만 했던 이유를 나는 그 후로도 오랫동안 이해하지 못했다.

택시를 이용할 때에도 요금의 30% 이상을 팁으로 주는 행동을 못마땅하게 여기는 나에게 그녀는 '장애인이기 때문'이라는 이해할 수 없는 이유를 말했지만, 나는 그러한 그녀의 행동이 오히려 장애인에 대한 편견으로 여겨질 정도로 생각이 달랐다.

그녀가 비장애인과 결혼한 후 미국으로 이민 하게 되었을 때, 그 이유를 묻는 내게 "미국은 한국과는 달리 장애인에 대한 편견이 없다"고 했지만, 그 말에도 나는 공감할 수가 없었다. 물론 우리가 편견이 없는 곳에서 산다면 얼마나 좋겠는가? 그러나 그러한 이유로 남의 나라로 도피(?)까지 하는 행동은 이기적이고 비겁하다고 생각했다.

그즈음 뇌병변장애 아들을 데리고 미국 이민을 했다는 최요한 목사님과 편지를 주고받게 되었다. 그분은 그동안 일반 학교에는 다닐 수 없는 아들을 위해 문교부에 특수학교 설립을 요청해 오다가 끝내는 모 차관에게서 "멀쩡한 자식들 공부시킬 돈도 부족한데 병신 자식들까지 공부시킬 예산까지 어떻게 만드느냐?"는 치명적인 말을 듣는 순간, 절망하면서 이민을 할 수밖에 없었다고 했다. 그분은 "한국은 장애인 자녀를 교육시킬 수 없는 나라다"라는 아픈 말을 남겼다. 실로 우리는 그러한 불가능들이 가능으로 이루어져 가는 과정을 치열하게 살아온 것이다.

그분의 말대로 사실 이 땅은 장애인은 공부도 할 수 없을 뿐만 아니라 하나님의 사역자도 될 수 없다. 목사가 되어도 결혼식 주례를 할 수 없고, 비장애인과 결혼도 할 수 없는 나라이다. 심지어 장애인 바리스타의 커피도 거부할 것으로 여기는 나라이기에 그러한 편견을 깨뜨리며 가는 걸음은 찢기고, 상처받고, 피눈물을 흘려야 했다. 나는 참으로 오랜 세월이 흘러 비장애인 남편과 결혼한 후에야 비로소 결혼과 동시에 미국으로 떠났던 그녀를 이해하게 되었다.

나는 비장애인인 남편과 결혼한 후로 늘 많은 이들의 부정적인 생각 속에서 살아왔다. 어디를 가든 혼자일 때보다 더 많이 쏟아지는 의혹의 눈길들을 감당해야 했다. 심지어 신체검사라도 하듯 남편을 머리끝에서 발끝까지 살펴보는 따가운 눈길을 받을 그때, 나는 그녀가 생각났다. 그녀가 떠난 이유를 30년 만에 이해하는 순간이며, 동시에 30년이 지나도록 변하지 않은 장애인에 대한 편견이었다.

그러한 이 땅에서 지금은 내 영적인 자녀들이 장애인 인식개선 운동과 강사로 뜨겁게 활동을 하는 모습은 참으로 흐뭇하고 고마운 일이 아닐 수 없다. 그리고 이를 통해 이 땅에도 동토와 같은 장애인에 대한 편견이 사라질 것을 믿고 기도한다.

"… 내가 보는 것은 사람과 같지 아니하니 사람은 외모를 보거니와 나 여호와는 중심을 보느니라…"(삼상 16:7).

4장

•

빛과 어둠 사이에서

빛을 안은 사람들

그를 처음 만났던 1985년은 참으로 장애인에 대한 인식이 전무(全無)한 시절이었다. 뭔가 도움을 주고자 하는 열정으로 일단 어려운 처지에 있는 재가 장애인을 찾아다니며 기도하던 때였다.

재가 장애인들은 모두 하나같이 중증장애에다 가난까지 겹쳐 암울함을 더해 주고 있었다. 정규교육은 물론 신앙생활도 하지 못하고, 대부분 외부인의 눈에 띄지 않도록 어두컴컴한 골방에서 식사와 대, 소변을 함께 처리하는 상황이었다.

낯선 사람을 경계하는 장애인들의 두려운 눈빛, 한편 외롭고 슬픈 눈동자들은 차라리 죄 없는 죄수요, 창살 없는 감옥이었다. 하지만 그는 그동안 만났던 장애인들과는 다르게 아담한 양옥에 아버지께서 기관장으로 근무하시는 유족한 환경에서 생활하고 있었다.

뇌병변장애로 언어도 불편하고, 사지 마비로 인해 앉고 눕는 기능밖에 할 수 없었다. 하지만 그의 표정은 해맑았다. 벽마다 책장에 가득히 꽂혀 있던 책들은 그의 정신세계를 말해 주었다. 그뿐만 아니라 유일하게 움직일 수 있는 왼쪽 발가락으로 책장을 넘기며 독서하고, 수동타자기로 타이핑하면서 시를 쓰는 모습은 경이롭고도 신선한 충격이었다.

사람들이 많은 식당에서도 왼쪽 발가락에 수저를 탁 끼워서 당당하게 식사하는 모습은 감동이었으며, 나는 그 모습에서 장애인들의 희망을 볼 수 있었다. 그의 주변에는 글을 쓰는 벗들이 늘 함께 있었다. 항상 전기밥솥에 가득한 밥은 그들이 함께할 수 있도록 배려하시는 어머니의 마음 같았다.

그를 처음 만나고 돌아오던 날, 나는 다른 때보다 희망으로 설레었고, 장애인의 현실에 대한 위로와 함께 새로운 도전을 받을 수 있었다.

그 후 장애인 시화전 등을 함께하고 난 후에 그는 늘 얽매인 가운데 여유 없이 생활하는 나를 독특하고 멋진 분위기를 가진 찻집으로 초대했다. 그의 배려로 바쁜 중에도 예술인들이 운영하는 찻집에서 그들과 대화를 나누는 여유를 가질 수 있었다. 장애인 문화 활동을 위한 공식적인 기구 하나도 없던 시절이었지만, 희망을 가졌던 우리에게는 적어도 그런 사치스런(?) 낭만이 있었다.

안타깝게도 그 후로 그는 목 디스크까지 겹쳐 더욱 힘든 상태가 되었다. 하지만 그래도 잊지 않고 찾아와 내가 내려주는 커피를 즐기던 그가 어느 날, 홀연히 그야말로 바람처럼 세상을 떠났다.

그가 숨을 거둔 후, 초여름 비가 촉촉하게 내렸다. 자기가 떠날 것을 예견이라도 했던 것처럼 "살아온 날들이 나름대로 즐거웠다"는 말을 하기도 했지만, 나름대로 이루지 못한 꿈과 이루지 못한 사랑도 있으리라 생각한다. 그러나 힘든 상황에서도 늘 평화로웠다. 자유롭지 못한 여건에서도 자유를 누렸던 그는 꼭 하늘나라에서 진정한 평화와 자유를 누리리라 믿는다.

지금, 우리도 누군가의 가슴에 그렇게 신선하고 고운 흔적으로 살고 있을까? 문득 먼저 떠난 이들이 생각나는 오늘, 우리 모두 어둠 속에서도 빛으로, 절망 중에도 희망으로 살다가 참으로 머지않은 그날에 천국에서 온전한 자유와 기쁨을 나누기를 소망한다.

겉으로 보기에는 다를 게 없었지만, 신앙이라는 무한한 가능성 안에서 우리는 그러한 여유와 신선함으로 이미 빛을 안은 사람들이다.

"…아무것도 없는 자 같으나 모든 것을 가진 자로다…"(고후 6:10).

속 사정

경제가 어려워지면 나타나는 현상들 가운데 옷차림으로는 미니스커트와 손뜨개 옷이 등장한다고 한다. 미니스커트는 적은 천으로도 만들어 입을 수 있는 옷이라서, 손뜨개 옷은 작은 비용으로 수공을 들여 마련하는 옷이라서 나름대로 이유가 되는 것 같다.

내가 손뜨개로 옷을 직접 떠서 입던 옛날에 사람들이 보기에 나는 뜨개질 솜씨가 뛰어난 사람이었다. 그런데 내가 뜨개질 옷을 즐겨 입었지만, 속사정은 그게 아니었다. 쇼 윈도우에 진열된 그 멋지고 다양한 옷들은 돈을 가지고도 사 입을 수가 없는 여건이기에 예쁜 옷을 입고 싶은 욕구가 한창 강했던 젊은 시절의 나는 부득이 고심하며 시간을 투자해서 옷을 마련할 수밖에 없었다.

사역을 시작하고 활동을 할 즈음, 나의 대표적인 의상은 한복이었다. 신체적인 핸디캡을 조금은 자연스럽게 커버하여 완화할 수 있고 대외적으로 편안하게 입을 수 있었기 때문이다. 그러는 중에 나는 엉뚱하게도 '한복을 좋아하는 사람'으로 알려졌다.

어느 날 어느 자리에선가 나는 고백을 한 적이 있다. "나는 여러분들이 생각하는 것처럼 특별히 한복을 좋아하는 것은 아닙니다. 한복이 아름답지 않다는 것이 아니라 사실 내가 입고 싶은 옷은 청바지나 짧은 반바지를 비롯한 스포티한 의상이지만, 내가 늘 한복을 입는 이유는 신체적인 조건 때문입니다." 그렇게 말을 하고 나니 속이 시원했다.

교회를 시작한 후에 가끔 어떤 이들은 "다른 교회들처럼 길거리 노방전도에서 가가호호마다 방문도 하면서 전도해야 하는 거 아니냐?"는 말을 할 때가 있다. 그러나 내가 그러지 않는 이유는 첫째, 그런 방법을 선호하지도 않지만, 상대가 장애인에 대한 인식이 어떠한지를 모르기에 몸으로 부딪치기보다는 차라리 마음으로 다가가는 글을 쓰기 시작한 것이다.

모두가 나름대로 속사정이 있다. 자꾸만 앉으라고 권유를 해도 서 있을 수밖에 없는 심지선 집사에게는 고관절 장애로 혼자 일어서고 앉을 수 없는 어려운 속사정이 있다. 이삭이네 가족이 의자에 앉아서 예배를 드리지 못하고 예배당 바닥에 앉아서 예배를 드릴 수밖에 없는 것도 시각장애를 가진 이삭이의 움직임이 다른 사람에게 피해가 될 것을 염려하는 그들의 속사정이 있기 때문이다. 그러나 살아가면서 무디어질 때가 많은 우리는 상대를 이해하지 못할 뿐만이 아니라 스스로도 이해하지 못할 때가 많다.

행복을 느낄 수 있는 상태란 몸이 마음을 이해하고, 마음이 몸을 이해하여 온전히 하나가 된 상태라는데 사실 우리는 바쁘다는 핑계로 자신의 몸과 마음을 돌보지 못하고 사랑하지 못할 때가 얼마나 많은가. 신앙의 깊이도 역시 그분의 뜻을 깨닫는 만큼으로 측정되는 게 아닐까.

"그때는 주께서 나를 아신 것같이 내가 온전히 알리라"(고전 13:12).

신선한 눈바람이 박하 향기처럼 와 닿는, 지금은 행복한 초겨울이다.

논리가 관습이 될 때까지

내가 다니는 미용실에 고령의 어르신 한 분이 안을 기웃거리다가 슬그머니 문을 열고 들어왔다. 그 동작이 얼마나 조심스럽고 조용한지 공기조차 흔들리지 않았지만, 평소에 잘 웃고 애교도 많은 미용실 주인은 한 번 힐끗 보기만 했을 뿐, 의식조차 안 하는 것 같았다.

어르신은 몇 년 전, 내가 그곳 호수공원 근처에서 '공간'이라는 쉼터를 운영할 때 그곳에 오시던 어르신 중 한 분이었다. 호수공원 근처에는 늘 산책을 하는 어르신들이나 몸이 불편한 이들이 많았는데, 그중에도 '공간' 바로 옆에 있는 H아파트에 사는 어르신들로, 대부분 젊은 시절에 열심히 사회생활을 했던 분들이었다.

그분들은 커피 맛도 바리스타를 공부한 나보다도 더 잘 알아서, 고급 원두로 내린 커피를 무척 좋아했고, 젊은이들보다 예의도 바르고 깍듯했다.

그분들에게는 살아온 세월만큼이나 많은 추억이 있었다. 일제 강점기에 사범학교를 졸업, 20대 최연소로 교감 발령을 받고 나서 겪었던 에피소드들, 행정고시를 거쳐 공무원으로 근무하던 시절, 직장 근처의 콩나물국밥집 할머니의 잊을 수 없는 음식솜씨까지도 그분들에게는 이야깃거리요, 소중한 추억이었다.

그중에는 회사 중역으로 근무하던 중, 비리와 부정에 합류하지 않으려고 아무도 원하지 않았던 외국 지사로 자원해서 고생했던 이야기 등이 있었다. 그런 추억들을 가지고 대화로 반추(反芻)하면서 그분들은 어쩌면 상실되어가는 정체성을 재확인하는 것 같았다. 그런가 하면 나이와는 다르게 어린아이처럼 천진스러운 모습도 발견할 수 있었다.

전직 교사인 어르신 한 분은 시인이면서 대학에 강의도 하는 분으로 알려졌는데, 그분이 외출했다 돌아올 때마다 어르신들이 "어디 갔다 오냐?"고 아파트 입구에서 물으면 "K대학교에서 강의하고 온다"고 거만하게 대답했다는데, 그렇다고 해서 그냥 넘어갈 분들이 아니다. 거의 매일 강의를 한다는 게 아무래도 의심스러워 전화해서 확인해 본 결과 거짓말임이 들통났다.

어르신들은 그동안 속은 일이 괘씸하고 분해서 아파트 상가 슈퍼마켓 앞에 있는 평상에 모여서 기다렸다가 멱살을 잡고 따지자 "창피하니까 이거 놓고 들어가서 얘기하자" 하고 사정을 하더라는 것이다. 나는 어르신들의 어린아이들 같은 그 모습에 배꼽을 잡고 웃었다.

내가 공간을 정리하고 다시 시골로 들어온 후, 그분들은 그중 차를 가진 분을 기동력으로 삼아서 이곳까지 물어물어 두 번이나 다녀가셨다. "공간이 없으니까 아침밥을 먹고 나면 우리가 갈 데가 없어졌다"는 말을 하실 때는 죄송한 마음이 들었다. 그 후 차를 가진 분이 먼저 세상을 떠나면서 그나마 그 시절을 그리워하며 한 번씩 올 수 있는 길마저 없어지고 말았다.

오늘 미용실에서 우연히 만난 어르신은 구순이 넘은 연세지만, 미용실 주인이 몸이 불편한 나를 친절하게 돕자 자신의 이발요금에다 수고비를 얹어서 주고 가셨다. 그제야 웃으면서 감사하다고 인사하는 미용실 주인은 아마도 어르신의 멋진 매너로 인해 기본 점수에 몇 점을 가산점으로 더 주지 않았나 싶었다.

모든 인생이 노약자가 되어가는 과정을 살면서도 장애인이나 노인이면 모두 통틀어서 인지능력이나 이해력이 부족할 거라는 선입견으로 반말을 하거나, 아예 대화조차 하지 않으려는 경우가 있는데, 이러한 편견은 장애나 노구(老軀)보다 더 서러운 일이 아닐 수 없다. 그런 이들이 머지않아 자신이 노약자가 되는 날에는 그 잘못된 인식으로 인해 스스로 더 비참해지지 않을까 걱정된다.

적폐(積弊)란 당장에는 자신과 무관해 보이더라도 집안에 켜켜이 쌓인 먼지와 같아서 청산하지 않으면 결국 그 폐해는 부메랑이 되어 자신에게로 돌아오게 된다.

날 때부터 시각장애를 가진 사람을 가리켜 대뜸 "저 사람이 장애를 가지고 태어난 것이 누구의 죄냐?"고 물었던 제자들도 모든 질병이 죄로 인한 것이라는 잘못된 인식이 고정관념으로 굳어져 있었기 때문이다. 그러나 예수께서는 그건 누구의 죄가 아니라 다만 하나님의 뜻을 드러내기 위한 것이라고 하심으로 오랜 세월 동안 수많은 인생을 망가뜨려 온 죽임의 적폐를 청산하셨다.

노인이나 장애인에 대한 잘못된 인식이 신속하게 개선되지 않는 이유는 오랜 세월 동안 굳어져 있기 때문이다. 논리적으로 이해했다고 해서 바로 체화(體化)되기는 어렵고, 그 논리가 관념이 되고, 또 관습으로 익어지기까지는 훈련과 숙성이 필요하다. 그리고 당사자들 스스로가 인식개선을 위한 삶의 아이콘이 되어야 할 책임도 있다. 그래도 개선되지 않는 부분이 있다면 쓴 물이 단물이 될 때까지 기다려야 할 것이다. 딱딱하고 떫은맛이 나는 감이 독 안에서의 과정을 통해 말캉하고 다디단 홍시로 숙성되듯이 말이다.

새 시대,
새 사명

어느 시대에나 지난 시대를 온전히 이해하기는 어렵다. 다만 그러려니 짐작할 따름이다. 지나온 세월 속에는 사람으로 태어나 살아가면서도 사람들 앞에 당당하게 나서지도 못할 뿐 아니라 인간의 기본권인 세상 빛도 누리지 못한 채 떠난 이들도 많았다.

휠체어를 갖는 게 소원이었던 소녀의 애절한 편지가 방송을 타고 많은 이들을 울리기도 했던 1981년, 그 암울한 시절, 어쩌다 바깥세상에 나와 사람들과 대화라도 해본 날이면 가슴이 설레어서 몇 날 동안 잠을 이루지 못했다는 전설 같은 이야기는 당시 재가 장애인들의 현실이었다.

누가 자기 이름을 불러 주기만 해도 죽었던 세포가 살아나듯 꽃이 되었고, 밖에 나가는 자체만으로도 화려한 이벤트가 되던 시절이었다. 그래서 당시에 장애인을 위한 행사는 일단 바깥

세상 구경부터 시작되었다. 차에 태워 꽃구경이라도 시켜 주면 최고였다.

휠체어로 가다가 계단을 만나도 당연하게 생각했다. 불편한 모든 원인은 다른 사람처럼 계단을 오르지 못하는 자신에게 있는 문제이기에 아무도 탓할 수 없었다. 그 후 장애인에 대한 관심이 높아지면서 행사도 많아졌다.

우리가 수련회를 개최했던 장소는 대개 시골 초등학교 건물로 식사나 화장실 사용부터가 막막했다. 하지만 그저 밖에 나와서 자신들을 위한 행사에 참여하는 것만으로도 들떠서 모두 싱글거렸다. 봉사하는 이들에게 업히고 안기면서도 그저 즐겁고 고맙기만 할 뿐이었다. 그런데 언제부턴가 달라지기 시작했다.

한 발짝도 걸을 수 없는 하반신 장애를 가졌어도 자가 운전뿐 아니라 혼자 비행기를 타고 유럽여행도 하게 되었는데, 누가 불편한 몸으로 열악한 장소에서 극기 훈련(?)을 원하겠는가? 그때 "이제 옛날식으로는 안 된다. 이런 행사를 꼭 이어가려면 비용이 들더라도 장소를 호텔로 정하자! 그리고 장애인을 위한 행사라는 타이틀로 후원금을 요구하는 일도 자제하자!"라는 안건을 제시했던 나는 장애인단체연합에서 이단자 취급을 당했다. 그 후로 "장애인교회는 없어져야 한다"는 말에는 생경한 표정들이었다.

비장애인의 경우에는 "아니, 그러면 장애인들은 어떻게 하지?" 하는 반응이지만, 오랜 세월 장애인 사역을 해온 이들에게서는 정체성이 흔들리는 불안감을 볼 수 있었다. 오랜 세월 동안 서로가 공생으로 얽혀 있었기 때문이다. 그러나 "새 시대는 새 사명을 우리에게 주나니~♬"라고 우리가 찬송도 하고 있지 않은가?

이제는 어디든지 시스템이 갖추어져 가고 있으며 공공기관이나 시설마다 장애인 인식개선 교육이 의무적으로 실시되고 있다. 이것이야말로 우리가 치열하게 추구해 왔던 궁극적인 목표가 아니던가? 변하지 않은 건 일부 사람들의 정체된 인식뿐이다.

사랑하는 이들이 더욱 힘차게 전진하도록 이제는 붙잡고 있던 낡은 끈을 놓아 주는 것도 시대적 사명이다. 숨을 죽인 채 계절을 견디는 나무들 사이로 겨울의 끝이 보인다.

성자 되어가기

수잔 트롯의 『성자를 찾아가는 사람들』이라는 책을 보면 성자를 만나기 위한 순례자들의 긴 행렬이 이어진다. 그렇게 바위산 위에 사는 성자의 집 문턱에 도착하면 작은 몸집의 안내자가 나와서 겸손하게 절을 한다.

"무슨 일로 오셨습니까?"

"성자를 뵈러 왔는데요."

"절 따라오세요." 부지런히 안내하여 복도를 지나 밖으로 나가는 뒷문까지 정중하게 안내를 한다.

"안녕히 가십시오."

"하지만 전 성자를 뵈러 왔는데요."

"이미 저를 보셨습니다." 조용한 대답과 함께 문은 닫힌다.

이 내용은 지금 만나고 있는 이를 성자로 여기라는 의미를 담고 있다. 부정적인 존재나 긍정적인 존재를 초월하여 가르침과 깨달음을 얻을 수 있다면 성자 아닌 사람이 없을 것이다.

지적장애 형제는 종일 마당을 쓴다. 더럽혀진 마당을 치우는 비질이 아니라, 그 바닥 자체를 쓰는 무의미한 수고를 이해할 수 없다가도 그 수고로 인해 지저분해질 틈이 없이 늘 말끔한 마당을 본다.

수련이란 그런 게 아닐까? 더럽혀지고 난 후에 회개하기보다는 더럽혀지기 전에 끊임없이 마음을 닦아가는 삶 말이다. 때로는 열심히 닦지 못하면서도 깨끗하다고 방심했기에 오염되어 넘어질 때가 얼마나 많았던가?

주방에서 음식을 만들 때면 지적장애 자매가 곁에 와서 찬물을 벌컥벌컥 들이켜 가며 계속 말을 한다.

"어릴 때 아버지의 매가 무서워 밤에 도망을 가 상여 집에서 잤어요. 할머니가 죽고 나서는 잘 데가 없어서 지하철에서 잤어요. 너무 추워서 패트병에 뜨거운 물을 담아서 안고 잤어요."

그녀는 재활용 쓰레기를 모으러 다니면서 쓰레기통에 버려진 통닭 등을 주워 먹기도 했고, 돈이 생겨서 밥을 사 먹으려고 식당에 들어가면 사람들이 냄새가 난다고 수군거리며 피했다고….

소설이나 영화보다도 험난하고 처절한 사연들을 그녀는 틈만 나면 실타래처럼 술술 풀어놓는다.

“지금껏 살아오는 동안 가장 행복했던 때가 언제였느냐?”고 묻자 그녀는 선뜻 “지금요!”라고 대답했다. 가장 행복한 때가 ‘지금’이라는 말이 참으로 감동적이었다. 이것이야말로 천국을 누릴 줄 아는 자요, 성자의 삶이 아닐까?

지금(now here) 천국을 살지 못할 때 천국은 ‘no where’ 즉 어디서도 찾을 수가 없다. 그것은 ‘now here’와 ‘no where’라는 두 단어 중에 ‘w’가 어느 쪽에 있느냐?가 말해 주는 간단한 진리다.

‘지금’ 감사를 잃은 사람, 행복을 찾지 못하는 사람은 고기를 먹던 노예 생활을 그리워했던 이스라엘처럼(출 16:3) 오늘 주어진 은혜를 누리지 못하고 곤고하게 살아갈 수밖에 없는 것이다.

현재가 영어로 ‘present’이듯이 오늘은 새로 받은 선물로 숨 쉬고 있는데, 온갖 불평 속에서 죽어 버린 과거와 불확실한 미래에 매여 생명을 가진 오늘을 사장(死藏)시켜 가고 있지는 않은지? 지금 나는 참으로 행복한가?

만나는 모든 이들을 성자로 만날 수 있기를, 그리하여 성자의 삶을 살고자 하는 내 마음속에 지금 봄이 숨 쉬고 있다.

천진
(天眞)

옛날 어느 임금이 민정을 살피러 나왔다가 한 늙은 농부를 만난다. "요즘 생활이 어떠신가?"라고 임금이 묻자 농부는 "해가 뜨면 일하고 해가 지면 쉬는데, 임금의 덕이 내게 무슨 소용이 있느냐~♬"면서 가지고 있던 농기구로 땅을 치며 박자를 맞춰 노래를 불렀다. 이 노래를 격양가(擊壤歌)라고 하는데 나무를 깎아 만든 악기로 땅을 친다는 뜻이다.

임금은 자신의 통치력이 전혀 느껴지지 않는 늙은 농부의 노래가 당시에는 서운했지만, 그것이야말로 자신이 추구했던 태평시대임을 알게 된다. 이는 모두 알고 있는 중국 고대 요(堯)임금 때의 '정치의 고마움'을 알게 하는 이야기로, 정치보다 정치 그 자체조차 의식하지 않아도 되는 정치가 진실로 위대한 정치라는 내용을 담고 있다.

원래 정치에 별로 관심이 없었고 관심이 있다고 해도 아무런 힘도 없지만, 요즘엔 더 듣기도 싫고 보기도 싫어졌다. '촛불집회!' 하면 일단 확고부동한 자신감을 가지고 의기투합하고 싶은 마음에 저절로 힘이 불끈 솟아야 하는데 끊임없이 이어지는 정치적인 불화로 식상할 뿐 아니라 정치인들의 정권욕은 환멸의 회색빛 안개가 되어 앞을 가린다.

국정농단이라는 오욕(汚辱)으로 혼란스럽고 탄핵으로 예민하던 시기에 오랜 세월 교류해 오던 지인이 자기 생각을 대변하는 듯한 영상물을 계속 보내왔다. 처음엔 반응하지 않았지만, 어느 순간, 내 생각을 한마디 전하자 분위기가 서먹해지더니 대화가 중단되면서 끝내 교류가 끊어지고 말았다.

정치인도 아닌 내가 몇몇 지인들과 그렇게 어이없이 교류가 단절되는 아픔을 겪다 보니 나 자신마저 울분과 분노에 사로잡힐 때가 있다. 어쩌다 이렇게 되었을까? 모두가 자신의 생각과 다르다 싶으면 살기등등해져서 멱살이나 머리채를 바짝 틀어쥐고 멀찌감치 반대편으로 질질 끌고 가서 탕탕! 못을 박아 적을 만들어 버린다.

같은 민족이면서도 피 흘리는 전쟁을 하고, 서로를 증오하며 살인 무기를 겨누고 있는 남북의 상황도 일부 특정인들만의 문제가 아님을 생각하게 되었다.

살아 있는 모든 존재는 균형을 유지하게 되어 있는데, 어떻게 모두가 맹목적인 편향(偏向)에만 목숨을 거는 걸까? 왜 모든 이들이 자신과 생각이 같아야만 한다고 여기는 걸까? 아니, 그보다는 하늘을 바라보며 사는 줄 알았던 나 자신마저도 언제부터 이렇게 세상을 바라보게 되었는지 모르겠다.

우리에게는 상황을 초월해서 가야 할 먼 길이 있고, 바라봐야 할 하늘이 있건만 지금 우리는 그 하늘을 바라보는 천진(天眞)함마저 잊었는지도 모른다.

The woods are lovely, dark and deep.
But I have promises to keep.
And miles to go before I sleep.
And miles to go before I sleep.

숲은 어둡고 깊고 아름답다.
그러나 내게는 지켜야 할 약속이 있다.
잠들기 전에 가야 할 먼 길이 있다.
잠들기 전에 가야 할 먼 길이 있다.

<Stopping By Woods On A Snowy Evening>
- Robert Frost

세상이 어지러워도 하늘을 보는 천진(天眞)한 모습으로 살고 싶어서 나는 오늘 잊었던 하늘을 본다. 이 겨울비가 그치면 어쩌면 첫눈이 올지도 몰라 가슴이 설렌다.

꿈틀

뿌연 겨울 안개가 눈과 함께 몰려올 때면 막연한 설렘과 함께 이제는 미세하게 무릎관절에 통증을 느끼는 나이가 되었다. 이 나이에 아직도 나에게는 설렘이 있다. 사실 우리는 늘 설렘 속에서 살고 있다. 누군가를 만날 때에도, 맘에 드는 물건을 가질 때에도, 여행을 앞두고도 설렌다. 새로운 계절이 시작될 때에도, 새해를 맞을 때도 설레지만, 무엇보다도 그분을 의식하고 기도할 때에는 어떠한 절망과 막막한 상황에서도 말할 수 없는 기대감으로 설렌다. 돌아보면 나는 지금껏 늘 설렘으로 살아온 것 같다. 어린 시절, 그 막막했던 절망에서부터 지금껏 나에게 주어진 나날들은 늘 빛을 찾아 헤매는 설렘이었다.

초여름 신록의 계절이 시작될 때면 비록 그늘진 삶이지만 뭔가 아름다운 일이 있을지도 모른다는 설렘이 가슴 속에 봄 안개처럼 피어올랐다.

능력이 있는 사람만이 비전이 있는 게 아니고, 건강한 사람에게만 꿈이 있는 게 아니다. 장애를 가졌어도, 능력이 없어도 살아 있는 한 꿈과 비전은 있다.

오히려 어두울수록 반비례로 태양처럼 강렬한 기적의 비전을 꿈꿀 수 있으며 그러한 꿈이 성취될 때 드디어 살 만한 세상을 경험하게 되는 것이다.

성경에는 이스라엘 백성을 버러지로 비유한 내용이 있다.

"버러지 같은 너 야곱아, 너희 이스라엘 사람들아 두려워하지 말라 나 여호와가 말하노니 내가 너를 도울 것이라 네 구속자는 이스라엘의 거룩한 이이니라"(사 41:14).

버러지는 무지하고 무력하여 오던 길을 자꾸 되돌아가고 누가 밟더라도 꿈틀거리는 것밖에 할 수 없지만, 바로 이 '꿈틀'이란 살아 있음을 나타내는 동작인 동시에 꿈을 꿀 수 있는 '틀'을 의미하는 말이다.

교활했던 야곱이 하나님 앞에서 버러지 같은 본연의 모습으로 돌아간 것처럼 우리도 헛된 교만과 아집에서 깨어나 진정으로 겸허한 하나의 생명으로 꿈틀하면서 꿈의 틀을 가질 때, 하나님의 도우심의 역사가 임하실 것이다.

설렘은 소망이다. 세상은 우리를 낙심하게 하지만 하나님은 우리에게 늘 소망을 주신다. 그분은 제한된 현실 속에서, 앞이 보이지 않는 막막함 속에서, 우리가 가진 한계의 끝에서 새로운 비약으로 역사하시는 분이다. 그래서 눈이 오고 비가 오고 바람이 불어도 생명이 있는 모든 것들은 설렘으로 꿈을 꾼다. 추위를 견디지 못하는 동물들도 땅속에서 겨울잠을 자면서 봄 꿈을 꾸듯이 말이다.

내 머리가 눈부시게 희어갈수록 반비례하게 나의 심령은 하늘의 소망에 더욱 가까워지는 그런 설렘으로 살고 싶다.

지금은 뿌옇게 차오르는 눈안개와 함께 겨울은 또 신화처럼 깊어가고 있다.

코이노니아
(Koinonia)

사역 초기에 어느 목사님이 지체장애인 사역을 하는 나와 농아인 사역을 하는 전도사님을 초대해서 식사를 대접한 일이 있었다. 특수사역에 대한 관심과 사랑이었을 것이다.

다음에는 그에 대한 보답으로 내가 식사 자리를 마련하자 다음에는 농아인 사역을 하는 전도사님이, 이렇게 돌아가며 정기적인 만남이 계속 이어지는 도중에 또 다른 목사님 한 분이 희망 가입(?)을 하기도 했다.

그렇게 만남을 이어가다가 맨 처음 시작했던 목사님이 서울로 사역지를 옮기게 되었고, 농아인 사역을 하는 전도사님은 목사 안수를 받은 후에 미국으로, 또 한 분의 목사님은 지병으로 세상을 떠나기까지 만남은 오랜 세월 지속됐다.

그 후로도 누군가와 식사를 하게 되면 자연스럽게 계속적인 만남으로 이어지면서 이러한 만남이야말로 '자연스럽고 바람직한 체인'이라는 생각을 하게 되었다. 어떤 이는 혼자 식사하기 쓸쓸해서 같이 하다 보니 정이 들어 결혼까지 하게 된 경우도 있다. 남편과 내가 인연을 맺게 된 것도 하루에 한 번씩 함께 식사를 하면서 친밀해진 결과라고 할 수도 있다.

식사 약속은 음식보다는 상대방과의 만남이 목적이듯이 함께 식사를 하고 싶다는 것은 만나고 싶다는 또 다른 표현이요, 더 나아가 친해지고 싶다는 뜻이 아닐까? 식사를 나누는 것은 친밀하고 편안한 만남이다. 아무리 음식 메뉴가 좋아도 불편한 상대라면 함께 하고 싶지도 않을 뿐만이 아니라 먹은 음식을 소화하기도 어려울 것이다.

우리는 성경에서도 식사를 나누는 예수의 모습(눅 22장)을 볼 수 있다. 그리고 예수께서 제자들과 나누었던 그 식사는 오늘날까지 성찬(聖餐)이라는 예식으로 이어져 오고 있다.

예수께서 그 일을 기념하라고 하신 것은 십자가에서 죽으신 그 사랑을 잊지 말고 기억하라는 뜻이요, 또한 행하라고 하셨으니 특정한 날에만 성찬이라는 의식으로가 아니라 날마다 아니, 순간마다 잊지 말고 실천하라는 말씀이다.

그분의 몸을 먹고 그분의 몸이 되어 그 사랑을 베풀라는 뜻이다. 그것이야말로 진정한 성만찬이 아닐까? 항상 기억하면서 행해야 하는 이유는 그분께서 우리와 항상 함께 계시기 때문이다.

기회가 있을 때마다 우리는 함께 먹고 마시면서 그분의 뜻인 화목을 이루어 갈 일이다. 그리고 그 화목을 통하여 주시는 기쁨과 평안을 누리며 살아야 할 일이다.

살아가면서 배고픈 이에게 식사 한 끼를 대접하며 사랑을 나누는 일은 결코 작은 일이 아니다. 그러기에 오늘 누군가와 진정한 사랑으로 만나 식사를 나눈다면 그 식탁이야말로 최고의 성찬이 될 것이다.

초대교회처럼 함께 떡을 떼는 교제(Koinonia)를 이어가야 하는 이유는 오늘 우리의 나눔이 이 땅에서의 마지막 성찬이 될 수도 있기 때문이다.

날게 하소서

추운 겨울이나 무더운 여름의 고비를 넘길 때마다 계절만이 아니라 우리가 살아내고 있는 삶 자체가 참으로 고단하고 치열하다는 생각을 하게 된다. 그러나 돌아보면 그 고단한 과정을 통해 은혜와 기적을, 그리고 위로와 사랑을 체험해 왔다.

하늘을 찌를 듯이 쭉쭉 뻗어 오르는 대나무의 마디는 추운 겨울에 생긴다고 한다. 그 마디를 잘라 보면 추위로 성장이 멎었을 뿐만 아니라 거반 죽었는지 그 내부까지도 막혀 있다.

한마디가 닫혔고, 성장도 끝났건만 겨울이 지나면 그 막힌 부분에서 다시 성장이 시작되는 것처럼 이대로 끝인 줄 알았던 인생도, 미래가 없어 보이던 현실도 따뜻한 바람이 불면 다시 기적처럼 숨 쉬며 나아갈 수 있음을 생각한다. 그리고 그러한 고난의 흔적은 대나무의 마디처럼 오히려 쓰러지지 않고 견딜 수 있는 삶의 저력이 될 수 있다.

우리가 고난을 통해 은총으로 나아갈 수 있다면 '희망' 그 너머의 '희망'을 볼 수 있으며 눈에 보이는 한계에 갇히거나 절망하는 일은 없을 것이다. 암울한 현실이나 미래가 없어 보이는 노년이라도 소망을 주시는 그분 안에서는 끝났거나 막힌 인생이란 없다.

참으로 우리가 믿음의 날개를 가졌다면 이 땅에서의 희망뿐만이 아니라 완전히 끝이라고 여기는 죽음, 그 너머의 또 다른 세상에 대한 믿음 역시 당연한 것으로 여길 것이다. 그것은 우리가 겨울을 살면서 봄이 올 것을 믿고, 길을 가다가 빨간 신호등 앞에서 분명히 다음에는 파란 신호등으로 바뀌게 될 것을 믿고 기다리는 것과 같다.

친히 육신으로 내려와 죽으심으로 우리에게 소망의 날개를 주신 그분 안에서는 분명, 희망 그 너머에 또 희망이 있으며, 그것은 끝없는 이어짐으로 '막힘'이란 없다. 파도 너머에 있는 낙원을, 절망의 벽을 깨뜨리고 소망을 바라보는 신비로운 기적을 사는 열정이라면 모질게도 시린 이 계절도 품어 안아 녹일 수 있을 것이다.

나무에 앉은 새가 나뭇가지가 부러질 것을 두려워하지 않는 이유는 나뭇가지를 믿지 않고 자신의 날개를 믿기 때문이라는데 우리는 무엇을 믿고 있는가? 짙은 초록색 잎사귀를 가진 '스파트

필름'이 강추위에 죽은 줄만 알았는데 다시 몸을 추스르며 일어서는 모습을 보면서 나도 나이테 하나를 돌리고, 또 한 개의 굵은 마디를 만들어 가면서 이어령 님의 소원시(所願詩)로 축원을 해본다.

'벼랑 끝에서 새해를 맞습니다.
덕담 대신
날개를 주소서.
어떻게 여기까지 온 사람들입니까 …
남들이 앉아 있을 때 걷고
그들이 걸으면
우리는 뛰었습니다…
그냥 추락할 수는 없습니다…
싸움밖에 모르는 정치인들에게는
비둘기의 날개를 주시고,
삶에 지친 서민에게는
독수리의 날개를 주십시오.

뒤처진 자에게는 제비의 날개를,
설빔을 입지 못한 사람에게는 공작의 날개를,
홀로 사는 노인에게는 학과 같은 날개를 주소서.

그리고 남남처럼 되어가는 가족에게는
원앙새의 깃털을 내려 주소서.

이 사회가 갈등으로 더 이상 찢기기 전에
기러기처럼 나는 법을 가르쳐 주소서.
소리를 내어 서로 격려하고
선두의 자리를 바꾸어 가며
대열을 이끌어 간다는
저 신비한 기러기처럼
우리 모두를 날게 하소서.

설 연휴를 맞아 창밖에는 서설(瑞雪)이 희끗희끗 흩날리고 있다.

역경 지수

늦가을 대기가 깊은 곳으로부터 흔들리는 것은 햇살이나 바람이 아닌, 비 오는 밤이다. 그 일렁임으로 잠이 깬다. 내 마음을 일렁이게 하는 것은 기쁨보다는 연민과 아픔이다. 산다는 일이 마냥 편하고 좋은 수만은 없겠지만 주변의 한 사람 한 사람의 삶에 서린 한(恨)과 아픔으로 인해 내 삶의 고달픔은 자리를 잃게 된다.

붙잡고 있던 소중한 것들을 잃은 상실감으로 건강까지 잃게 되는가 하면 예측할 수 없이 다가온 불행, 그 충격과 슬픔으로 늘 가슴 가득 눈물을 안은 채 주님이 주시는 위로로 나날을 견디는 모습도 있다. 어쩌면 이 세상에서 고통 없는 삶을 기대한다는 자체가 부질없는 바람인지도 모른다.

초록이 지쳐 가는 숲에는 잎새들이 수줍게 달아오르듯이 익어가며 고운 빛깔로 물이 든다. 그러한 그들의 화려한 변신과 기온차(氣溫差)라는 시련이 승화된 모습이라는 사실에 숙연해진다. 우리도 주어지는 역경을 늘 승화시킴으로 찬연한 빛을 발할 수 있으면 좋겠다.

그동안에는 성공적인 삶의 지수를 지능지수인 IQ(intelligence quotient)로 그 척도를 삼았다. 지능이 성공적인 삶을 이룰 수 있는 힘이라고 생각한 것이다. 그러다가 감성지수인 EQ(educational quotient)라는 말이 등장했다. 지능보다는 제대로 된 교육으로 인한 감성이야말로 삶을 윤택하게 할 수 있다고 생각했다.

그런데 또 그것만이 성공적인 삶의 열쇠가 아니기에 최근에는 역경지수인 AQ(Adversity Quotient)라는 말이 등장하게 되었다. 지능으로도, 감성으로도 감당할 수 없는 역경의 삶을 성공적으로 살아가기 위해서는 그 역경을 이겨 나갈 수 있는 힘이 중요하다는 것이다.

그렇다. 고난을 이겨나가는 힘이 없다면 지능이나 감성지수가 높아도 절망적인 삶이 될 수 있다. 자살 인구가 높아져 가는 오늘날의 현실은 지능이나 감성보다는 욥이 가졌던 역경을 이겨 나가는 바로 그 '거룩한 힘'이 부족하기 때문이다.

"내가 가는 길을 그가 아시나니 그가 나를 단련하신 후에는 내가 순금같이 되어 나오리라"(욥 23:10).

우리도 승리케 하시는 그분 안에서라면 역경의 돌풍이 지날 때 오히려 홍시의 단맛으로 숙성되고 찬연한 단풍으로 물들게 될 것이다. 그리하여 산마다 타오르는 저 단풍의 불길도 역경을 이겨나가는 우리의 뜨거운 가슴으로부터 점화되기를 바란다.

누군가 가져다 놓은 떫은 감을 사과 한 개와 같이 몇 날 동안 비닐봉지에 넣어두었더니 떫은맛이 삭아져 달콤한 홍시가 되었다. 비 내리던 지난밤에는 대기의 일렁임에 밤을 지새우고, 오늘은 햇살 아래 그 신선한 당도를 음미하며 당신에게 편지를 쓴다.

빛과 어둠 사이에서

교도소 선교를 다니다 보니 재소자들과 교류하게 되었다. 알고 보면 모두가 안타까운 사연들이지만 그중에서도 장기수 두 사람의 이야기는 아직도 기억에 남아 있다.

경찰관이었던 그는 끊임없는 고부간의 갈등에 시달리다가 역시 다툼이 치열했던 어느 날 술 취한 상태에서 총기로 가족 동반 자살을 기도했다. 아내와 뇌성마비를 앓던 어린 아들은 사망했지만, 강보에 싸였던 어린 딸은 이불이 총알을 막아 줬고, 스스로에게 발사했던 총알은 엇나가 한쪽 시력을 잃게 되면서 그는 가족 살해범이 되었다.

또 한 사람은 여러 곳을 다니며 공사판 일을 하느라 집을 비우는 날이 많던 중, 아내의 불륜설이 나돌자 친구와 함께 가서 현장을 목격하게 된다. 한바탕 소란을 피운 후, 아내를 포기하고 돌아서 나오는데 분하고 억울해서 도저히 견딜 수가 없더라는 것이다. 그래서 친구를 먼저 보내고 자신은 다시 돌아가 분이 풀릴 때까지 실컷 폭행을 하고 난 후에 자수했는데, 이튿날 폭행당한 사람이 사망하는 순간, 그가 저지른 범행은 폭행에서 상해치사로 바뀌었다. 모두가 순간에 자신을 다스리지 못해서 일어난 사건들이었다.

그 순간, 다른 길은 없었을까? 앞이 보이지 않을 정도로 아뜩했던 그 현실 앞에서 한번 숨을 고르고 하늘을 올려다볼 수는 없었을까? 에덴에서 가인이 아벨을 죽였을 때 하나님께서 말씀하셨다.

"…선을 행하지 아니하면 죄가 문에 엎드려 있느니라 죄가 너를 원하나 너는 죄를 다스릴지니라"(창 4:7).

이 말씀은 죄를 다스리는 것은 인간 자신에게 있음을 의미한다. 인간의 자유의지와 선택에 따라서 죄를 다스릴 수 있으며 죄악을 제압할 권세도 있다는 것이다. 그리고 이러한 길이야말로 인간이 가야 할 길이다.

가까운 후배 사역자 중에도 만나면 즐겁고 편한 이들이 있다. 월세 자취방에서 하루 세 끼를 해결하기도 힘들었지만, 그는 늘 밝고 유머러스했다.

가정 형편이 어려워 고등학교에도 진학하지 못하고 청소년 시절부터 고학을 하느라 객지에서 늘 바쁘게 뛰어다닐 수밖에 없었지만, 그러는 중에도 자신의 내성적인 성격 개조를 위해 레크리에이션을 배워 강사로 활동하면서 청소년 사역을 시작했다. 그리고 결혼한 후에 그는 형들을 대신해서 연로하신 부모님을 부양했다.

또 기억이 나는 사람은 역시 가냘프고 약한 몸을 가진 젊은 사역자였는데, 그는 마치 태어날 때부터 신나는 일만 있는 사람처럼 늘 생글거리며 웃는 얼굴이었다.

그러나 그의 청소년 시절은 매일 술을 마시는 한쪽 다리가 절단된 아버지와 조기 치매를 앓는 어머니를 보살펴야 하는 상황이었다. 치매라는 병을 몰랐던 어린 그는 엄마가 그냥 정신이 상자인 줄로만 알았다. 학교에서 집에 돌아오면 배설물을 도대체 어디에다 감춰 뒀는지 냄새는 나는데 찾을 길이 없어 힘들었다고 했다.

상업고등학교를 졸업하고 은행에 들어갔지만, 그 월급으로는 어머니의 요양원 비용조차 댈 수 없었던, 그 막막했던 청소년 시절을 살아왔으면서도 농아인 사역을 위한 열정으로 뛰어다니던 모습이 생각난다.

주변에는 세상의 모든 어두움이 자기만의 것인 양 '인간 블랙홀'이 되어 불평불만으로 분위기를 침몰시키는 사람도 있지만, 우리는 내 속에 들어오는 어둠을 잘 다스리는 지혜를 선택할 일이다. 비록 그 과정이 힘들어도 묵묵히 걸어가는 그곳에 삶의 가능성과 희망이 있고, 오직 인간만이 가진 위대함과 존엄성이 있지 않을까?

이마에 와 닿는 대기가 선뜻하다.

눈물

이렇게 꼭 비가 내리지 않아도 울고 싶어질 때가 있다. 바이올린의 활처럼 훑기도 하고, 바람처럼 일렁이는 일상 속에서 내 영혼은 늘 현(鉉)처럼 진동으로 울고 있다. 내게 있어 눈물의 의미는 고통이나 슬픔보다는 감사와 기쁨과 감동이 더 많은 것 같다.

극동방송에서 '우리교회 좋은 교회' 공개방송을 녹음할 때 낭독한 편지가 나를 울렸다.

양딸 심지선. 현재 장애인권 일타강사로 활동 중이다.

사랑하고 존경하는 목사님께 | 심지선

목사님, 늘 목사님을 통해 많은 은혜를 받으며 살아가면서도 감사의 편지 한번 드리지 못하는 저를 용서해 주시기 바라며 이 자리를 빌려 부족하나마 감사의 글을 올립니다.

목사님께 받은 사랑과 은혜는 이루 말할 수가 없지만, 집에서 지내기가 힘들었던 장애가 심한 저와 자매 한 명을 당시 교회당으로 사용했던 13평형 서민 아파트에 데려다 놓고, 목사님도 장애를 가지신 그 약한 몸으로 세숫물을 떠다 주시고, 따뜻한 밥을 손수 지어 먹이며 연탄불을 갈아 따뜻하게 잠잘 수 있도록 해주시면서 저희들이 신앙 속에서 삶의 빛을 보게 해 주셨죠.

당시 매우 어려워서 하루 먹을 식량만으로 하루하루 살았는데, 쌀을 아끼느라 점심엔 국수를 먹고, 반찬도 한두 가지였지만 우리는 너무 맛있게 먹고, 참 행복했답니다.

하지만 목사님은 공부하시랴, 살림하시랴, 연탄불 가시랴, 저희들 수발하시랴, 설교 준비하시랴 그 약한 몸으로 얼마나 고생이 많으셨겠어요?

그때는 철이 없어서 몰랐지만 지금 생각해 보면 누구의 도움도 없이 여러 가지 일을 하셨을 목사님 입장은 참으로 고독하고 힘드셨으리라 생각합니다. 그러한 목사님의 눈물겨운 희생과 사랑을 생각할 때마다 지금도 저는 가슴이 뜨거워진답니다.

어려운 사람이 찾아오면 한 번도 그냥 돌려보내는 일이 없으셨으며 당장 먹을 쌀마저도 아낌없이 내주시던 모습은 제 어린 마음에 깊은 교훈으로 각인이 되었고, 아낌없이 베푸는 삶 속에서 더 풍성하게 채워 주시는 놀라운 은혜도 함께 체험했습니다.

목사님, 아세요? 목사님께는 저의 가장 부끄러운 모습과 아무에게도 보이고 싶지 않은 저의 연약함까지도 숨김없이 보여드릴 수가 있다는 것을요. 세상 사람들은 나의 부족함을 약점으로 이용하지만, 목사님은 저의 부족함과 연약함까지도 사랑해 주시고, 이해해 주시고, 격려해 주시거든요.

저뿐만 아니라 목사님은 많은 사람에게 참 편안하고 소중한 분이세요. 가끔 혼날 때는 서운하고 속이 상하기도 하지만, 목사님의 진심을 알기에 한 번도 목사님의 사랑을 의심해 본 적이 없습니다. 앞으로도 더 많은 사랑의 채찍을 내려 주세요.

목사님, 저는 목사님 곁에서 지내면서 목사님이 가시는 그 길이 얼마나 힘들고 고독한 길인지 간접적으로나마 느끼고 있습니다. 예수님처럼 바울처럼 자신을 죽이며 끝까지 인내하며 가야 하는 그 길을 흔들리지 않는 사명감으로 묵묵히 가시는 걸 보면서 저는 기도를 드립니다. 주님께서 늘 새 힘과 위로를 주시기를요. 목사님, 힘내세요. 저도 목사님처럼 이웃을 섬기며 사는 겸손한 사람, 밝은 소망을 주는 주님의 사람으로 살도록 노력할게요.

힘들고 어려울 때마다 목사님을 보면서, 또 그 가르침을 따라 잘 이겨 나갈게요. 감사합니다. 그리고 사랑합니다.

- 항상 부족한 딸 지선 올림

그날, 나는 내 어설픈 사역의 여정을 투명한 한 심령을 통해 이토록 빛나게 해주신 은혜에 감사의 눈물을 드렸다.

"더욱 가치 있는 것으로 내어놓으라 하시더라도 내가 바칠 수 있는 가장 최후로 지닌 것은 오직 눈물뿐…"이라는 김현승 님의 시처럼, 눈물이야말로 우리 존재의 가장 깊은 곳으로부터 드려지는 값진 것이 아닐까?

히스기야의 눈물을 보신 그분이 지금 나의 눈물도 보고 계신다는 사실은 얼마나 큰 은총인가?

5장

•

평화를 위하여

추억의 징검다리

애육원에 있던 아이들을 알게 된 적이 있다. 아이들은 형제로 큰 애는 초등학교 4학년, 작은 애는 2학년이었는데, 간호대생으로 우리 공동체에 다니며 봉사하던 자매가 애육원에서 일하게 됐다면서 그 아이들을 데리고 한 번 다녀간 적이 있었다.

그때 점심 식사를 나누면서 놀다간 후에 그 자매는 멀리 무주로 시집을 가게 되었다. 그런데 이야기는 거기서 끝난 게 아니라 그 자매가 시집을 간 후, 어느 날 그 아이들이 저희끼리 찾아온 것이다.

애육원과는 꽤 먼 거리건만 한 번 따라왔던 길을 잃어버리지도 않고 찾아왔다. 초여름 더위에 땀을 쫄쫄 흘리며 찾아온 녀석들을 보고, 나는 깜짝 놀랐다. 안쓰러운 생각이 들어 간식 등을 챙겨 주면서 놀다 가게 했다.

2학년인 동생에 비해 4학년인 형은 제법 똘똘하고 이야기도 잘해서 몇 년 전에 아빠가 돈을 벌면 데리러 오기로 하고 자기네들을 애육원에 맡겼다는 이야기도 했다.

그 후로 녀석들은 종종 놀러 왔다. 친구가 될 만한 사람도 없었지만 와서 그냥 놀다 가곤 했다. 녀석들이 오면 나는 일단 바닥에 까마귀 발자국을 남기는 꼬질꼬질한 발부터 씻게 한 후에 빵이든 과자든 먹을 것을 줬다.

어느 때는 라면이 먹고 싶다면서 네 개도 먹을 수 있다고 장담을 하기에 원하는 대로 네 개를 끓여 줬는데 정말 깨끗이 먹어 치우는 걸 보고 놀란 적도 있었다. 한창 성장기라서 아이들은 무엇이든지 주는 대로 너무 잘 먹었다.

어느 날은 빵을 주니까 맛있게 먹으면서 학교에서 돌아오는 길에 제과점에 진열해 놓은 빵을 보면 동생이 집에 가려고 하지도 않고 쳐다보고만 있어서 자기가 동생을 업고 돌아왔다고 했다.

나는 그 이야기를 들으며, 동생을 업고 터덜터덜 걸어가는 녀석의 작고 야윈 뒷모습이 눈에 보이는 듯했다. 자기도 무척 먹고 싶었겠지만 어린 마음에도 동생이 더 안쓰러웠을 것이다. 나는 그 아이와 약속을 했다. 빵이 먹고 싶으면 오라고, 그렇지만 조금 먹고 싶을 때는 오지 말고 너무 많이 먹고 싶을 때만 오라고.

그해 가을, 이사를 하게 되었다. 이사와 함께 행사 등으로 바쁜 나날을 보내던 어느 날, 당시 이웃이었던 분을 우연히 만났는데, 그 아이들이 찾아와서 "우리 전도사님 어디로 이사 갔느냐?" 고 자꾸 묻더라는 말을 했다.

아차! 나는 그동안 그 아이들을 깜빡 잊고 있었다. 어쩌면 그 아이들은 빵이 먹고 싶어서, 그것도 약속한 대로 너무너무 먹고 싶어서 나를 찾아왔을지도 모르는데, 미안했다. 그 후로 또래의 아이들을 보면 그 아이들이 궁금해진다. 아빠가 와서 데려갔는지? 이제는 나이도 사십 정도는 되었을 텐데 몸도 마음도 건강하게 잘 성장했는지?

그 아이들을 데리고 왔던 자매는 결혼 후 복학해서 간호대학을 졸업하고 병원에 근무하고 있지만, 그 아이들을 잘 기억하지 못했다. 그리고 나 역시 그 아이들의 이름은 기억이 나지 않는다.

우리가 되돌아보는 기억의 징검다리, 그 돌 중에 기억에서 사라져 치워져 버린 돌들은 몇 개나 될까? 어쩌면 앞으로 그 돌들의 개수가 갈수록 줄어들지 않을까 싶다.

평화를 위하여

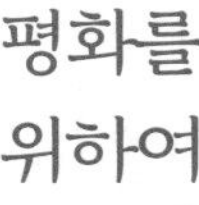

이른 장마로 7월을 시원하게 보내면서 장마가 끝나면 봇물처럼 더위가 시작될 거라고 예상은 했지만 참으로 요즘은 하루하루가 푹푹 찌는 더위의 연속이다. 그러나 내가 좋아하는 여름은 사방을 둘러보아도 생명력으로 충만하고 무더위에 심신이 지쳤을 때라도 새소리와 매미 소리로 가득 찬 숲의 기운에 젖어 있노라면 내 속에서도 생명력이 살아나는 것을 느낀다.

오늘은 맥스 루케이도의 동화 〈토비아스의 우물〉을 생각해 본다.

“사막 한 가운데 자리 잡은 작은 마을 사람들은 여느 동네와는 달리 물 걱정을 할 필요가 없었습니다. 그 마을 우물 주인 토비아스가 물이 필요한 사람이라면 누구든지 얼마든지 거저 주었기 때문이지요.

어느 날 토비아스는 아들 쥘리안과 함께 먼 길을 떠나면서 우물 관리를 하인 엘제비르에게 맡겼습니다. 누구에게든지 계속 물을 거저 줄 것을 명령하였음은 물론입니다.

처음 얼마 동안 엘제비르는 주인의 뜻을 받들어 모든 사람에게 즐거운 마음으로 물을 퍼 주었습니다. 그러나 얼마 지나지 않아 그의 마음이 바뀌었습니다. 즉 자기에게 감사를 표하는 사람에게만 물을 주기로 한 것입니다.

사람들은 엘제비르가 우물 주인이 아님을 알고 있었지만, 물을 얻기 위해 매번 그에게 감사의 인사를 하지 않을 수 없었습니다. 그러나 시간이 흐르자 그것만으로는 엘제비르의 양이 차지 않았습니다. 그는 자기에게 예쁘게 보이는 사람에게만 물을 주기로 마음을 바꾸었습니다. 주민들은 전혀 내키지 않았지만, 물을 얻기 위해서는 어쩔 수 없이 엘제비르의 눈 밖에 나지 않으려 안간힘을 써야만 했습니다.

어느 날 우물가에 한 사람이 나타났습니다. 엘제비르는 그도 물을 얻으러 온 사람이려니 하고 거드름을 피웠습니다. 그 사람이 얼굴을 가렸던 수건을 벗었습니다. 놀랍게도 그는 우물 주인 토비아스의 아들 쥘리안이었습니다.

쥘리안은 주민들에게 예전처럼 누구든지 마음껏 물을 가져가라고 했습니다. 오랜만에 주민들은 기쁨을 되찾았습니다. 그러나 이번에는 주민들이 가만 있지 않았습니다. 주민들은 쥘리안에게 엘제비르가 얼마나 나쁜 짓을 했는지 고발하면서, 그에게 물을 주지 말 것을 촉구하고 나섰습니다.

그러나 쥘리안은, 저 사람에게도 물을 거저 주는 것이 내 아버지의 뜻이라며 종을 용서해 줍니다. 주인의 그 사랑을 힘입어 엘제비르가 새로운 삶을 시작했습니다."

이 이야기 속에서 우리는 우물 주인의 착한 모습도 만나고, 욕심 많은 자신의 판단과 감정으로 평안을 잃어 가는 사람의 모습도 만나고, 정죄하는 모습도 보고, 용서하는 모습도 볼 수 있다. 그러나 이 이야기에서 가장 소중하고 아름다운 모습은 평화를 잃지 않는 모습이었다.

그렇다. 참으로 평화는 내 뜻이 아니라 내 아버지의 뜻이기에 화평케 하는 자는 하나님의 아들로 인정해 주신다(마 5:9)고 하신 것이다. 그분의 성육신 그 자체가 평화를 위한 것이었으며(눅 2:14), 우리에게 평안이 있기를 축원하셨던 것처럼(요 20:20) 이 평화야말로 우리 모두 이 땅에서 이루어가야 할 그분의 뜻이다.

"예물을 제단에 드리다가 거기서 네 형제에게 원망들을 만한 일이 있는 줄 생각나거든 예물을 제단 앞에 두고 먼저 가서 형제와 화목하고 그 후에 와서 예물을 드리라"(마 5:23-24)는 말씀은 이 땅에서 이루어가는 평화가 하나님과의 관계에서도 전제되어야 하는 중요한 조건임을 의미하는 것이다.

오늘처럼 소나기가 지나간 후, 잠자리가 빙빙 도는 들녘이나, 여기 매미 소리 가득한 짙은 숲에서 맑은 공기를 숨 쉬면서도 평안을 잃은 사람들이 파괴적인 행동과 끔찍한 자살을 저지르는 이 황폐해 가는 현실은 성프란치스꼬의 '평화의 기도'를 생각나게 한다.

"주여, 나를 평화의 도구로 써주소서."

말 한마디

뇌졸중으로 거동을 못 하시는 노모를 모셨던 어느 목사님의 이야기다.

유난히 몸집도 후덕하셨던 분을 수년 동안 왜소한 며느리가 직접 씻겨 드리고, 대소변 수발을 해드렸는데, 그 어머니가 아무 때나 이부자리 등에 배변할 때 며느리가 "아이고, 어머니 마려우시면 미리 말씀을 하셔야지요"라고 하면 "지가 맘대로 나오는디 내가 어찌 알고 미리 말을 한다냐!"라고 도리어 며느리에게 볼멘소리를 하셨다고 한다.

그 어머니가 아들만 보면 너무너무 좋아하시면서 "아들, 나는 아들이 참 좋아. 아들도 내가 그렇게 좋아?"라고 간절한 눈빛으로 아들의 대답을 기다리시곤 했는데, 그럴 때마다 그 목사님은 그냥 웃음으로 얼버무렸다는 것이다. 그런데 그 일이 돌아가시고 난 후, 가슴에 아픈 못이 되었다고 했다.

왜 그때, 단 한 번이라도 "그럼요, 어머니, 저도 어머니가 참 좋아요"라고 대답해 드리지 못했던가! 그리 어려운 일도 아니건만! 수많은 설교로 많은 이들에게는 은혜를 끼치면서 자기를 그토록 자랑스러워하고 좋아하셨던 어머니에게는 그 한마디로 흡족하게 해드리지 못했던 불효가 돌이킬 수 없는 회한이 되었다고 했다.

관계에 있어서 상대방과 사랑이 단절된 그 자체가 상처가 된다. 능력이 없어서 자식에게 특별히 도움을 줄 수는 없는 부모라 하더라도 자식과 사랑이 연결되어 있으면 행복할 수 있는 이치는 형제나, 부부나, 친구 사이에도 마찬가지다.

장애를 가진 우리를 비참하고 절망하게 하는 것 역시 장애 그 자체가 아니라 다른 이들과 사랑이 단절되어 우리의 존재를 거부하는 편견이다. 동등한 사회의 일원이면서도 마치 불청객처럼 그 부당함을 견디어오다가 우리도 이 사회의 당당한 일원임을 주장하며 일어선 행동이 '장애인 인권운동'이다.

어느 아내가 모처럼 남편과 만나 식사하기로 약속을 하고 조금 늦게 도착했다. 그런데 남편은 기다리지 않고 먼저 식사를 한 후였으며 아내가 식사를 시작하자 기다리기가 힘들다고 먼저 가버렸다. 그때, 아내는 이혼을 결심하게 됐다고 했다.

어떤 여성은 더운 여름날, 같이 식사를 할 때 선풍기의 방향을 자신에게 돌려주는 남성의 행동을 보고 비록 장애를 가진 사람이었지만 그와 결혼을 결심하게 되었다고 했다. 이런 이야기들이 선뜻 이해가 되지 않을 수도 있지만 단순한 행동이나 말에서도 상대의 마음을 느낄 수 있기 때문이다.

말에는 기를 죽이는 말과 기를 살려주는 말이 있다. 우리가 무심코 던진 한마디 말도 상대방의 마음속에 들어가 뿌리를 내리면 살아서 살림의 역할과 죽임의 역할을 하게 된다.

우리가 믿는 그분은 말씀으로 천지를 창조하셨는데 우리가 매일 하는 말이 한 영혼도 살리지 못하고 오히려 죽이는 말만 하고 있는 건 아닌지?

갓 피어나는 꽃망울이나 아침 햇살처럼, 사랑과 존중함으로 서로를 새롭게 느낄 수 있다면, 그리고 그렇게 말할 수 있다면, 정체된 것처럼 메마른 잿빛 일상에서도 물레방아가 돌아가고, 빛깔이 생성되고, 꽃이 피어날 것이다.

세상 사람들이 모두 살림의 존재가 될 수는 없겠지만, 그런 사람이라면 누구나 다시 만나고 싶어지지 않을까?

짐과 지팡이

추수가 끝난 들녘 위로 새벽마다 하얗게 무서리가 내리며 가을이 깊어 간다.

길 아래 바짝 붙은 작은 논에서 혼자서 모를 심던 할아버지의 모습이 엊그제 같은데 추수를 마쳤으니 또 한 해가 가는가 보다. 할아버지의 논은 주위의 다른 논보다 높아서 조금만 비가 안 와도 논바닥이 갈라지기 때문에 지난 여름내 할아버지는 이삼일이 멀다 하고 물을 대기에 바빴다. 농사에 대한 지식이 없는 나는 그때 비로소 모를 심은 논에는 늘 물이 넉넉하게 고여 있어야 한다는 사실을 알게 되었다.

여름내 할아버지는 벼 이삭을 마치 어린아이처럼 돌보셨다. 늦여름이 되자 낟알이 패일 때까지만 보안등을 꺼달라고 부탁해서 우리는 보안등을 끄고 대신 주거 등을 사용하면서 벼 이삭이

여물기 위해서는 어둠도 필요하다는 사실도 알게 되었다.

여름이 끝나갈 무렵 우기가 시작되었다. 끊이지 않고 계속해서 내리는 비…비, 그리고 또 비, 우기가 끝난 후에 나가 보니 다 자란 모들이 거의 다 쓰러져 있었는데 신기하게도 그 할아버지의 모들만 말짱한 채 가을볕에 또록또록 익어가고 있었다. 그 이유는 논바닥이 높아 물이 고이기 어려웠던 여건이 이번처럼 긴 장마에는 물이 잘 빠져서 도리어 유리한 조건이 된 것이다.

아하, 거기에서 나는 또 강점이 약점이 되고 약점이 강점이 되는 신비를 볼 수 있었다. 어쨌든 혼자서 모를 심을 때부터 시작해서 여름내 수고하신 할아버지의 수고가 보람을 안게 된 일은 축하할 일이었다.

축하드린다는 우리의 인사에 할아버지는 흐뭇하게 웃으시면서 사실 그래봤자 백미 여덟 가마밖에 나오지 않는다고 하셨다. 그 쌀을 위해서 여름내 그렇게 수고를 하시다니! 그때 나는 할아버지가 지으시는 그 농사에서 눈에 보이는 수확보다 더 소중한 것을 발견할 수 있었다.

처음에 할아버지는 길에서 마주쳐도 눈을 맞추는 일도 없었다. 먼저 인사를 해도 외면할 때는 무안하기도 했지만, '먼저 말을 건네 오는 꽃처럼 살 수 있다면'이라는 이해인 님의 시처럼 나도 꽃(?)이 되고 싶어서 계속 인사를 하고 말을 하자 이제는 만나면 할아버지 쪽에서 먼저 "나오셨어요?" 하고 인사를 하게 된 것이다.

이 할아버지 외에도 이곳에서 농사를 짓는 어르신들의 연세는 평균 여든이 넘는다. 비가 와서 저편 논에서는 예년보다 나락을 일곱 가마가 모자라는 스물다섯 가마밖에 못 거두었다고 하시는 할아버지도 여든이 넘으셨고, 길 건너 작은 밭을 경작하시는 할머니도 거의 아흔이 되는 분이라서 한동안 보이지 않을 때는 궁금해지기도 하고, 해가 바뀔 때는 '올봄에도 농사짓는 할머니의 모습을 뵐 수 있을까?' 하는 생각을 하게 된다.

한여름 땡볕 아래, 젊은이들도 하기 힘든 농사를 짓는 연로하신 어르신들의 모습에서 어쩌면 그분들이 붙들고 있는 그 일이야말로 그분들에게 있어서 삶의 활력과 살아가는 이유가 될지도 모른다는 생각을 하게 된다.

우리는 살아가면서 짐과 지팡이를 구태여 구별하거나 규정하지 말 일이다. 누군가를 보살펴주며 살아가다 보면 그 대상이 짐이 아니라 지팡이가 되는 신비를 체험하게 되는 것처럼, 그 속에서 어우러져 살아가는 은혜의 역사가 임하게 된다. 그리고 우리 자신조차도 누군가에게 때로는 짐이 되면서 동시에 지팡이가 될 수 있다는 깨달음을 얻게 된다.

하늘도, 물도, 숲도, 우리의 마음과 몸, 그리고 영혼까지도 투명해지는 지금, 잎이 말라가는 가을 숲에는 작은 산새들이 나무와 나무 사이를 빛살처럼 빠르게 반짝이며 날고 있다.

약속

오래전 일이다. 기다리던 모임에 참석했는데 모임은 예상보다 길어졌고 재미있게 이어졌지만 나는 약속 때문에 도중하차 할 수밖에 없었다.

동행 중에 한 사람은 중요한 약속도 아닌데 가지 말라고 만류를 하기도 했다. 객지에서 혼자 지내는 후배가 그날 오후에 놀러 오겠다고 했고, 나는 흔쾌히 기다리겠노라고 한 약속이니 특별히 중요한 약속은 아니라고 할 수도 있겠지만, 당시에는 핸드폰도 없어서 연락할 방법도 없는데 내가 약속을 저버림으로 인해서 약속대로 나를 만나러 온 그가 왔다가 그냥 되돌아가게 하는 일이 있어서는 안 될 것 같았다.

나는 그날 한심하다는 듯이 바라보는 눈길을 등 뒤로 받으면서도 꾸역꾸역 돌아올 수밖에 없었다. 약속을 지킨다는 일은 때로 어려울 수도 있지만, 약속에는 내용을 떠나 그 약속을 한 자신이 결부되어 있기 때문이다.

늦도록 결혼을 안 하고 거의 독신으로 지내면서 나는 두 가지 약속을 받은 일이 있다. 한 가지는 내가 결혼하게 되면 축시 낭송을 맡아 주겠다는 약속을 유명인으로부터 어느 모임 장소에서 받았는데, 그것도 '정말 꼭'이라는 단서까지 붙은 약속이었다. 그리고 또 한 가지 약속은 내가 결혼하게 되면 웨딩드레스를 직접 만들어 주겠다는 지인의 약속이었다. 그러한 약속은 당사자들 스스로 자원해서 한 약속이기에 나는 받기도 전에 고마운 마음과 함께 감동할 수밖에 없었다.

그 약속을 받아 내기 위한 것은 아니었지만 늦은 나이에도 불구하고 결혼하게 되었는데 그때 그 약속들이 생각났다. 그런데 약속을 한 당사자들은 자신의 약속을 마치 잊고 있었다는 것 같은 반응과 함께 자연스럽게 위약을 했으며, 약속을 지키지 못할 사정이나 미안하다는 말조차도 없었다.

농담을 진담으로 여길 정도로 내가 너무 고지식하고 어리석었던 건지, 아니면 아예 결혼을 안 할, 아니 못할 사람으로 여기고 그들은 '정말 꼭'이란 약속을 자신 있게 했던 건지는 잘 모르겠지만 그 일은 오히려 나 스스로가 무안하고 부끄러운 기억으로 남아 있다.

해마다 장애인 주일이면 우리를 초청해서 예배를 드리던 교회가 있었다. 나는 설교를 할 때마다 그 교회에 장애인 편의시설이 안 된 점을 지적하면서 장애인 편의시설이 얼마나 중요하고 필수적인가를 강조해 왔다. 그때마다 목사님은 꼭 시설을 갖추겠노라고 약속을 하시곤 했다.

우리가 예배당 건축을 한 후로는 내 제안에 따라 우리 교회와 그 교회가 해마다 장소를 바꿔서 예배를 드리게 되었다. 그런 순서대로 계산해서 올해에는 분명히 우리 교회 차례인데도 목사님은 순서를 바꿔서라도 이번에는 꼭 당신네 교회에 와서 예배를 드려야 된다고 우기시는 것이었다. 도대체 왜 그러시는지 궁금했지만, 그 교회에 도착한 우리는 깜짝 놀랐다.

언제 공사를 했는지 엘리베이터가 멋지게 설치되어 있었던 것이다. 목사님은 우리가 가기 바로 직전에 엘리베이터를 설치했다는 말과 함께 깜짝 놀라는 우리를 흐뭇하게 바라보면서 직접 엘리베이터로 본당까지 안내해 주셨다. 그러고 난 직후에 목사님은 그 교회를 떠나셨고, 동시에 10년이 넘도록 우리와 함께 드려왔던 장애인 주일예배도 그때가 마지막 예배가 되었다.

목사님은 힘든 문제들로 인해 교회를 떠나게 되면서까지 약속을 지키시려고 서둘러 엘리베이터를 설치했던 것이다. 우리와의 약속을 그토록 소중하게 여기셨던 목사님에 대한 기억은 지금도 가슴 먹먹한 감동으로 남아 있다.

모든 일이 우리의 뜻대로 되는 것도 아니며 우리의 의지 또한 약하지만, 최선을 다하여 약속을 지키며 살아갈 때 상호 간의 신뢰와 함께 성공적인 관계가 이루어지지 않을까?

그리워지는 사람

오래 전에 방영되었던 〈전원일기〉라는 농촌 드라마는 공기처럼 우리들의 의식 속에 편안하게 스며들어 그 시대의 생활 정서가 되었다.

어느 날, 특별히 변할 것도 없이 늘 평화롭기만 한 양촌리에 한 사람이 마을 사람들의 눈길을 끌며 고급 차를 몰고 나타났다. 그 사람은 만나는 지인들과 마을의 경로당과 청년회 등 곳곳에 선물처럼 돈을 뿌리고 다녔다. 원래 그 마을 사람이었으니 한 마디로 금의환향을 한 셈이었다.

어린 시절 그는 가난했다. 그 사람의 아버지는 집마다 화장실의 인분을 퍼 나르고 초상집마다 다니며 시체 염(殮)을 하는 등 험하고 힘든 일은 도맡아 했기에 어른이었지만, 어린아이들까지도 그에게 '김 서방!'이라고 부르면서 하대를 했다.

그의 어머니 역시 마을의 구정물이란 구정물은 도맡을 정도로 허드렛일을 해서 찬밥을 얻어왔으며 아들은 그 밥을 먹고 자랐다. 그렇게 가난했기에 그는 고등학교에 진학도 못 하고 서울에 올라가 고생을 한 끝에 부자가 됐다. 그러한 그가 오늘 옛 친구이며 그 마을의 정신적 지주인 김 회장을 찾아온 것이다.

그는 돈을 들여서 만든 족보를 김 회장에게 자랑처럼 보여줬다. 그리고 마을이 내려다보이는 명당자리에 부모님 산소를 모시고, 학벌과 벼슬을 만들어 새겨서 멋진 비석을 세우겠다는 말을 했다. 그리고 멋진 별장도 지어놓고 손주들과 함께 와서 여가를 즐기고 싶은 꿈을 이야기했다.

젊은 시절, 그 마을 살구나무집 딸과 사랑을 했지만 천한 신분이라는 이유로 거절당했던 아픈 기억 때문인지 그는 하필 그 살구나무집 땅을 사서 그곳에 부모님 산소를 모시고 싶다고도 했다. 돈으로 무엇이든지 할 수 있는 세상에서 수치스러웠던 모든 기억을 지우고, 비천한 신분의 뿌리조차 뽑아내고, 새로 만들고 싶어 하는 친구를 김 회장은 그의 생각을 못마땅하게 여겼다. 그렇게 오랜만에 만난 두 사람은 지난날의 우정을 제대로 나누지도 못하고, 감정만 상한 채 헤어졌다.

옛 친구이면서도 자기를 이해하지 못하고 책망하는 김 회장에게 그 사람은 떠나면서 이런 말을 남기고 갔다. "그래, 돈으로 다 하고 싶었다. 평생 가난해서 고개 한번 못 들고 짓밟히며 살아온 우리 부모님 산소를 높은 곳에 보란 듯이 만들어 놓고 매일 마을 사람들이 올려다보게 하고 싶었다."

친구를 그렇게 보내고 난 김 회장은 밤새 잠을 이루지 못하다가 편지를 쓴다. "오랜만에 만난 반가운 친구, 마음을 상하게 해서 미안하네. 하지만 친구! 나는 요즘 나이가 들어갈수록 외롭고 사람이 그리워지네. 돈과 권력만을 가지고, 무엇이 진정으로 부끄러운 것인지를 모르는 사람들로 가득한 이 시대에 옛날 자네 부모님처럼 가난하지만 겸허하게 열심히 살아가시던 그렇게 순수한 어른들이 만나고 싶어지면서 갈수록 그리워지네."

나도 그런 사람이 그리워진다. 그리고 나도 그렇게 누구에겐가 그리워지는 사람이었으면 좋겠다. 지난 한 해 동안 나는 어떤 사람으로 살아왔는지 건강한 마음이었는지 병든 마음이었는지를 마음의 알이라는 '말'로 자가진단을 해본다.

누구에게나 칭찬과 고맙다는 말과 미안하다는 말을 늘 자연스럽게 하면서 살아왔는지, 그렇게 겸허하고 평안한 마음으로 마구간 구유까지 낮아져서 살아왔는지 되돌아본다.

국정이 어이없이 농락당하고 분노가 함성과 촛불로 타오르는 오욕의 시대를 꾸역꾸역 살아가야 하는 무력감은 때로 눈을 몰고 오는 찬바람 속에서 자꾸만 눈물이 되어 흐른다. 이 시리고 시린 계절에 그런 사람이 그리워진다. 늘 변함없이 겸허한 미소를 가진 사람, 그 거울에 오늘은 내 모습을 비춰 보고 싶다.

자존감

주위에서 자존감이 약한 이들을 볼 때가 있다. 내가 이해하기 어려운 건 그들이 열등감을 가질 이유를 도무지 찾을 수가 없다는 것이다. 건강한 몸에 예쁘고 잘생긴 외모까지 갖춘 이들이 늘 쉽게 상처를 받고 움츠러드는 모습은 보는 이마저도 안타깝게 한다. 어쩌면 살아오면서 받은 상처가 파편의 흔적처럼 얼룩지고, 그 얼룩이 삶 전체에 번져가면서 그들의 의식이 그처럼 위축되는 것이 아닐까?

치유되지 않은 상처가 늘 벌겋게 환부를 드러내고 있어 사소한 자극에도 움찔 충격을 받으며 새로운 상처가 되어 피를 흘리는 연쇄 작용을 하는 게 아닌가 싶다.

장애를 가진 나는 사실 '자존감'이란 말조차 무관하게 여기며 살아왔지만, 그분이 나를 사랑하시고 기억하신다는 사실을 알게 되면서 이전에 알고 있던 세속적인 가치관과 인생관이 새로워졌다.

누더기를 걸치고 통속에 살면서도 왕 앞에서조차 당당하게 일조권을 주장했던 '디오게네스'처럼 나도 햇빛을 받으며 살 수 있는 존재라는 자존감을 갖게 된 것이다. 이러한 변화는 생성(生成)되는 것이 아니라 먼지로 흐려진 유리창을 닦음으로 본연의 투명함으로 되돌아가 볼 수 있는 것을 보는 것이다. 다메섹 도상에서 빛 가운데 극적으로 그리스도를 만난 사도 바울이 가장 고상한 복음을 가졌을 때 그가 버린 것은 무엇인가?

자신이 할례받은 이스라엘 족속임을 버렸다. 바리새인임을 버렸다. 그리고 가말리엘의 문하생임을, 율법적으로 흠이 없음을, 로마의 시민권 등 세속적인 우월감을 버렸을 뿐 아니라 그는 나아가 그것을 배설물같이 여겼다고 했다. 그리고 그와 더불어 그는 자신의 열등한 외모와 작은 키와 안짱다리와 어눌한 말솜씨와 그리고 자신을 괴롭히는 질병까지도 버림으로 세속적인 열등감에서조차 해방된 자유를 누렸다(빌 3:).

그것이야말로 바울이 소유하게 된 진정한 자존감이었다. 그렇다면 우리가 그리스도를 만남으로 버린 것은 무엇인가? 아직도 상처를 싸안고 장애나 외모로 인한 열등감으로 주어진 환경과 여건에 지배를 받으며 전전긍긍한다면 우리가 가졌다는 복음의 능력은 무엇이며 우리는 무엇으로 승리의 삶을 살 수 있겠는가?

어디선가 풀씨가 날아와 출입문 앞에 잡초 싹이 돋아나고 있었다. 그것을 말끔하게 제거해야겠다고 생각했다. 그런데 며칠이 지난 어느 날, 나는 바로 그 잡초들이 앙증맞게도 고운 꽃을 피워내는 눈물겹도록 애잔한 모습을 보았다.

아무도 돌보지 않는 잡초, 모두가 불필요하다고 여기고 오히려 뽑아내야 할 존재로 여김을 받으면서 시멘트나 돌무더기의 척박한 여건에서도 그들은 개의치 않고 열심히 꽃을 피워내고 있었던 것이다.

그분 안에서 살고 있다는 우리가 이러한 한 포기 잡초가 가진 자존감조차 가지지 못한다면 얼마나 슬픈 일인가? 억압받고 짓눌리고 뽑히게 될 들풀도 꽃으로 피워내는 이 찬연한 생명의 땅에서.

사랑의 신호

하반신 장애인인 딸을 데리고 이사를 할 때마다 그녀의 부모는 기본적으로 좌변기부터 확인하고 설치해줬다는 말을 들은 적이 있다. 그 이야기가 감동적이고 신선한 충격이었던 것은 청년이 된 남성 장애인에게 좌변기 대신 요강을 사용하게 할 정도로 구차했던 그 시대의 정서 때문이었을 것이다.

장애인을 적극적으로 돕고 지역사회에서 활발하게 활동했던 목사님이 건축한 큰 교회당은 엄청나게 계단이 많았다. 장애인을 위한 활동을 대대적으로 해오던 장로님이 개원한 병원은 경사가 좁고 가파른 계단이었다.

이러한 현상은 필요성을 인식하고 있다고 해도 희생을 감내하는 사랑이 아니면 행동으로 실천하기에 어려움을 말해 주고 있다. 관심이 높아졌다고 해도 선행의 대상이었지 희생의 대상은 될 수 없었던 장애인은 지금껏 그렇게 미미한 존재였다.

엘리베이터가 없는 아파트에서 생활하시던 부모님을 뵈러 갈 때마다 나는 남편의 등에 업혀 올라갈 수밖에 없었다. 시내에서 전동휠체어를 자유롭게 사용하면서부터는 적적하신 어머니를 모시고 쇼핑할 때도 있었지만, 그때마다 어머니가 원하시는 대로 잠깐이라도 들어가서 함께 시간을 가질 수는 없었다. 다른 가족들은 의식하지 못하는 그 아파트 계단에서 나는 그렇게 불편함과 한계를 말없이 견디어야 했다.

요즘 장애인식 개선 및 편의시설과 자유로운 이동권을 위해 열심히 활동하는 딸과 아들의 모습을 보면서 자신을 되돌아보면 나는 어릴 때부터 가족에게 큰소리로 무엇인가를 요구했던 기억이 없다. 가족 모두가 잘해 주었지만, 다른 사람에게 부담을 주기 싫어하는 성격 때문이기도 했고, 힘들고 어려운 문제들에 대한 원인이 장애를 가진 자신으로만 여겼던 우리 시대의 그 숨 막히는 의식 속에서는 집에서나 밖에서나 그렇게 살아갈 수밖에 없었다.

그동안 가정에서 인간적인 대우를 받지 못하고 자기 소리를 내지 못하는 수많은 재가 장애인들의 현실을 보면서 나는 장애인에 대한 인식 개선은 가장 가까운 가정과 가족들로부터 시작되어야 한다는 생각을 늘 해왔다.

편하게 생활하도록 모든 여건은 갖춰 주었지만, 아무도 만나지 못하도록 활동 영역을 철저하게 폐쇄한 가정도 있었다. 그런 경우는 정신적 가학 행위로서 살아 있는 사람을 이미 죽은 존재로 만드는 것이었다.

장애인식 개선 운동은 사회나 가정에 대한 원망이나 불평이 아니다. 특별한 존재로 의식해 달라는 것은 더욱 아니다. 오히려 당신들과 하나가 되고 싶다는 우리의 뜨거운 사랑의 신호요, 눈물어린 바람이다.

일본의 오토다케 히로타다가 휠체어를 친구들의 키 높이에 맞춰서 사용했던 것처럼 비록 장애를 가졌지만, 소외되거나 구별되지 않고 친구가 되어 함께 살고 싶다는 간절한 손짓이다.

이 땅에 비장애인과 공존하는 우리는 이러한 소리를 낼 권리와 함께 들을 의무도 있다. 그리고 이것이야말로 개인적인 인성의 척도와 사회적 의식수준을 대변해 주는 것이다.

바람이 차가워지고 있다. 우리가 사는 세상이 서로의 체온을 느낄 정도로 더 가깝고 따뜻했으면 좋겠다.

소유

월드컵 축구 경기의 뜨거운 열기로 인해 여름이 일찍 시작된 것 같다. 스포츠에는 문외한인 나도 이번에는 열심히 보면서 기쁜 마음으로 열렬히 박수를 보내기도 했다.

열심히 뛰는 선수들의 모습은 감동적이었고 특히 골키퍼들이 들어오는 공을 통쾌하게 받아 내거나 차내기도 하지만, 때로는 그만 놓쳤을 때 안타까워하는 모습을 볼 때면 문득, 공놀이하던 어린 시절이 생각났다.

신체적인 약점을 가진 나는 공이나 물건뿐만이 아니라 살아가면서 많은 것을 잡지 못하고 놓치곤 했다. 그렇게 젊은 날의 꿈도 낭만도 사랑도 잡지 못하고 누리지 못한 한은 가슴에 앙금으로 남았다.

내가 어릴 때는 지금처럼 먹거리가 흔하지 않았다. 손님이 오실 때에나 아버지가 퇴근하실 때에 과일이나 과자 등을 먹게 되는데 그런 것들은 어머니께서 일단 간수를 했다가 하루에 두 번씩 일정한 분량으로 똑같이 나누어 주셨다. 그런데 그것을 알면서도 그때까지 참지 못하는 우리는 어머니에게 혼날 것을 각오하고 서로 앞다투어 불법(?)으로 미리 가져다가 먹곤 했다.

나도 먹고 싶지 않은 건 아니었지만 그러지 않았던 이유는 첫째, 불법, 그 자체가 내키지 않았기 때문이었고, 둘째, 건강한 형제들과 쟁탈전을 해봐야 소용없음을 알고 포기했기 때문이다. 그러나 그보다 내가 마치 애늙은이처럼 초연(?)할 수 있었던 가장 큰 이유는 그 쟁탈전이 궁극적으로 유익을 가져다주는 행위가 아님을 알기 때문이다.

조금만 참고 기다리면 어머니는 형제들이 가지고 있는 것까지 모두 몰수해서 이미 누가 얼마만큼 먹었는지도 정확하게 계산해서 똑같이 공평하게 나누어 주신다. 그때 나는 비로소 보너스로 칭찬까지 들으면서 당당하게 내 몫을 받을 수 있었다. 어릴 적 그렇게 공평하신 부모님 밑에서 한 번도 실망하지 않았던 것처럼 지금은 '공평으로 그 백성을 판단하시는 하나님'(시 98:9)의 은혜 안에서 살고 있다.

하나님의 사람들은 계산이 필요 없는 사람들이다. 헤아리고 계산하는 마음은 자칫 자만(自滿)으로 떨어질 수도 있다. 다윗이 나라가 부강해지자 인구 조사를 하여 이스라엘의 군사력을 과시

하므로 스스로 만족을 얻고자 했을 때 요압은 하나님께서 당신의 가문과 백성을 얼마든지 더 발전하게 하실 터인데 당신은 어찌 군사적인 힘을 자랑하려고 하느냐(삼하 24:3)고 말했다.

부활이 없다고 주장하는 사두개파 사람들이 어느 날 예수께 와서 물었다. "… 칠 형제가 살고 있었습니다. 첫째가 결혼해서 살다가 자식이 없이 죽어서 둘째가 형수와 살고 다음에 또 셋째가 형수와 살고 이렇게 하여 일곱 형제가 다 형수를 데리고 살았는데 모두 자식 없이 죽었습니다. 나중에 그 여자도 죽었습니다. 이렇게 칠 형제가 다 그 여자를 아내로 삼았었으니 부활 때 그 여자는 누구의 아내가 되겠습니까?"라고 말하자 예수께서는 "천국에서는 장가드는 일도 없고 시집가는 일도 없다"(눅 20:34-35)고 대답했다.

우리는 이 말씀을 통해 진정한 천국은 '소유'라는 개념 자체가 사라진 곳임을 알 수 있다. 그 여자는 누구의 아내인가가 그들에게는 중요한 문제였지만, 예수께서는 천국에서는 그 여자는 누구의 아내가 아니라 그냥 '그 여자'라는 것이다. 그 여자로서 존중되고 그 여자로서 인식되어야 한다는 것이다. 그 여자가 '그 여자'였다는 것을 알았더라면 문제가 없었을 것을 누구의 아내로만 알려고 했기에 세상이 복잡해진 것이다. 오늘날에도 결혼생활에 문제를 안은 사람들이 있다면 한 번쯤 '소유'라는 안경을 벗고 그 여자를 '그 여자'로, 그 남자를 '그 남자'로 볼 수 있으면 좋겠다.

낮에는 밀짚모자를 쓰고 채소밭을 가꾸고, 해가 질 무렵이면 밭에서 오이, 고추, 가지 등을 따는 공동체 가족들의 모습은 한 폭의 그림과도 같다. 밭의 작물들은 솎아 주고, 따 줘도 계속해서 다시 돋아 나오고 여물어 가며 먹거리를 제공해 준다. 그 이유는 뿌리째 뽑지 않고 그 존재 자체로 살게 해주기 때문이다. 세상의 모든 것들도 뿌리째 뽑아내는 죽임의 소유에서 벗어나 그 존재 자체로 살아가게 한다면, 그렇게 사랑해 준다면 나름대로 아름다운 신비의 역사를 이루어 갈 것이다.

〈군산 시장에게 쓴 편지〉

이때를 위함이 아닌지 누가 아느냐

* 이 편지는 시장 당사자에게만 보낸 개인적인 편지가 아니라 매월 정기적으로 간행되는 소식지에 실린 편지였다. 그 결과 시청 직원들의 전화와 방문 등이 있었고, 다음 달인 그해 12월에는 처음으로 군산시 주최로 불우이웃 돕기 자선 음악회가 열렸다. 그리고 장애인 기관 대표들을 시장실로 초대해서 "저 역시도 가난한 편모슬하에서 장애를 가지고 자란 사람입니다. …"라는 시장의 말과 함께 금일봉이 전달됐다. 그러나 그 금일봉을 받아 가지고 오면서 왠지 마음이 더 쓸쓸했던 기억이 난다. 내가 이 편지를 쓴 이유가 적어도 그런 것은 아니었기 때문이다.

아직 단풍은 지지 않았건만 바다가 있는 이곳은 첫눈이라도 올 것 같은 부산함으로 바람이 붑니다. 이렇게 바람이 부는 날이면 문을 닫고 있어도 마음은 물결처럼 일렁이고 구석 구석마다 비어 있다고 공허한 소리가 들립니다.

차 한 잔을 아무리 뜨겁게 끓여 두 손으로 감싸 쥐고 행복한 듯 눈을 감아도 아, 시린 겨울은 오고 있습니다. 때로 우리는 자연의 사계만이 아니라 의식의 사계를 살기도 합니다. 그래서 시린 겨울에도 따뜻한 봄을 살 수 있는 반면에 무더운 여름에도 시린 겨울을 살 때가 있습니다.

넓은 들에서 무성하게 자라는 푸른 녹음보다 아스팔트나 보도블록 사이를 비집고 나오는 한 포기 풀의 그 애잔한 생명의 몸짓이 더 소중하게 느껴지듯이 같은 장애인이라는 동질감을 떠나서 보더라도 장애를 가진 여건에서 열심히 무엇인가를 성취해 나가는 이들은 생각만으로도 소중하고 흐뭇함을 느끼게 합니다.

장애를 가진 당신이 이 지역에서 시장으로 당선되었을 때 심지어 당신을 대신하여 몇몇 사람들로부터 내가 축하를 받기도 했으며 나 역시 참으로 마음 든든하고 자랑스러웠습니다.

나는 알 수 있습니다. 당신이 당선됨으로 얼마나 많은 장애인 단체나 장애를 가진 이들이 기다렸다는 듯이 몰려들었을 것인가를, 그래서 나는 당신과 평소에 약간의 면식이 있었기에 직접 만나서 축하를 해줄 수도 있었겠지만, 나의 순수한 호의가 오히려 부담스러운 선입감을 줄 것 같아서 전화도 안 하고 축전만 보냈었는데 그 후부터 들려오는 소문들은 찬바람처럼 내 마음을 쓸쓸하게 했습니다.

장애인들에 대해서는 면회는 물론, 서신이나 전화도 부속실 선에서 거절당한다는 것입니다. 거기에 대해서 어떤 이는 이렇게 해명을 합니다. K시장 자신이 장애인이기 때문에 편파적인 행정을 하는 것으로 보이지 않기 위해서라고, 또 어떤 이는 이런 말도 합니다. 그 이유는 그가 차기 시장에 대한 꿈을 가지고 있기 때문이라고….

글쎄요, 이런 말들이 모두가 사실인지, 아니면 당신 입장에서 그럴 수밖에 없는 또 다른 이유가 있는지는 몰라도 변호사 출신으로 전직 국회의원에다가 시장으로 출마해서 당선되기까지는 이 땅에서 억눌린 장애인들의 지지가 큰 역할을 했으며 당선이 될 때마다 당신이 느꼈을 그 승리감과 기쁨은 곧 우리 장애인들의 기쁨이었던 사실은 무엇을 의미하는 것입니까? 그것은 사회가 이해하지 못하고 포용하지 못하는 우리의 아픔과 불평등한 여건에 대하여 힘없는 우리의 대변자가 되어주기를 바라는 마음일 것입니다.

정계에 들어설 때부터 당신 나름대로 정치관이 있었겠지만, 장애인의 인권 회복이나 복지에 대한 일은 편파적 행정이 아니라 공의의 행정이 아닐까요?

노예 해방을 이뤄낸 링컨이 편파적인 정치인이었습니까? 우리나라는 루즈벨트 장애인 복지상을 받았다는 사실이 부끄러울 정도로 아직은 공공시설에 장애인 주차장 시설 하나 제대로 지켜지지 않고, 대도시 지하철에 리프트 시설 하나 제대로 갖추지 못하고 있는, 장애인 복지 면에서 아직도 밑바닥입니다. 그런데 당신처럼 장애를 가진 이들이 이러한 현실을 외면한다면 이 일에 관심을 가질 사람은 누구이겠습니까?

누군가 저 사람 자신이 장애인이라서 장애인을 위한 일에 관심이 많다는 말을 들을 수도 있겠지요. 그러나 그러면 어떻습니까? 제 생각에는 오히려 자신이 장애인이면서 장애인을 외면한다는 말보다는 나을 것 같습니다. 그리고 혹시라도 그러한 이유로 당신이 차기 시장 후보에서 누락이 된다면 또 어떻습니까? 그러한 문제들을 감수하고라도 당신이 그 자리를 주신 그분의 뜻이 어디에 있는가를 헤아리면서, 장애인 복지를 위해 일을 할 수 있다면 얼마나 복되고 용기 있는 삶이겠습니까?

하나님을 신앙하는 우리는 고난당할 때만이 아니라 좋은 것이 주어졌을 때도 그것을 주신 그분의 뜻이 무엇인지를 생각해 볼 일입니다.

유다 민족이 멸망당하게 된 위기 앞에서 에스더를 향하여 다급하게 외치던 모르드개의 말이 가슴을 때립니다. "너는 왕궁에 있으니 모든 유다인 중에 홀로 면하리라 생각지 말라 네가 왕후의 위를 얻은 것이 이때를 위함이 아닌지 누가 아느냐?"(에 4:13,14)

우리는 이 땅에 산다는 것 자체가 사명이요, 살아가는 모든 순간 그 자체는 연소되어 가는 과정입니다. 그리고 그렇게 연소가 될 때만이 우리의 삶은 그분이 기뻐 받으시는 번제가 될 수 있을 것입니다.

물 위에 한 방울의 잉크를 떨어뜨리듯이 당신에게 쓰는 나의 이 편지는 한 방울 핏방울로 내놓는 나의 진한 사랑입니다. 그 사랑, 실오라기처럼 가늘게 퍼져갈 때 어쩌면 죽음처럼 응고될 수 밖에 없는 우리의 한도 풀어지게 될 것입니다.

〈가온의 편지〉

가다 보면 길이 되듯이 하다 보니 법이 되었다

1985년부터 지금까지 수십 년 동안 사역을 해오면서 지켜온 것 중 하나는 〈가온의 편지〉에 매월 정기적으로 내가 직접 써서 보내는 소식과 메시지였다. 처음부터 꼭 써야만 하는 것도 아니고, 누가 쓰라고 한 것도 아니었다. 하고 싶어서 시작했다가 소통의 창구 구실을 하면서 계속하게 되었다. 상대가 반응을 보이고 기다리게 되면서 나도 모르는 사이에 책임감으로 매이게 된 것이다.

물론 쓰고 싶어서 쓰는 건 사실이지만, 그렇다고 해서 늘 쓰고 싶은 건 아니었다. 때로는 바쁘고 여유가 없어서 건너뛰고 싶을 때도 있었다. 하지만 이미 법이 된 이상 어길 수가 없었다. 그것은 일간지나 월간지 발행이 기분에 따라서 아무 때나 펑크를 낼 수 없는 것과 같은 것이었다.

힘든 일로 정신적인 여유가 없을 때라도 나는 설교 준비 외에도 메시지를 쓰기 위해 마음을 가다듬고 직접 움직이지 못할 때는 상상의 바다와 산으로 다니면서 산소를 공급받기도 했다. 글 쓰는 데 예민한 상태에서 방해받지 않으려고 방문을 거절했다가 오해가 생기는 일도 있었다. 하지만 완성했을 때의 성취감과 함께 메아리처럼 돌아오는 공감과 감동의 반응은 나를 살리는 힘이 되었다.

메시지를 받을 때마다 여러 장을 복사해서 자기가 속한 그룹과 친구들에게 전하고 있다는 사람도 있고, 신앙인이 아닌 이들은 교회 이야기(?) 같지가 않아서 참 좋다고 하기도 했다. 어떤 이는 다 읽고 나서 서류 파일에 넣어 차곡차곡 간직했다가 문득 다시 읽어보고 싶을 때 꺼내서 읽는다고도 했다.

교도소에서 돌아온 반응들 중에서는 "긴 시간 동안 보내 주신 목사님의 편지 한 통 한 통이 저에게는 천상을 향하는 디딤돌이었습니다. 무엇으로 그 은혜를 대신할 수 있겠습니까…" 하는 고마운 편지도 있었다.

1985년부터 작은 전도 메시지로 시작된 소식지를 처음엔 간단하게 3등분으로 접은 후에 직접 우표를 붙여서 발송했지만, 그 다음에는 봉투에 넣어서 발송했다. 그래서 매월 회보가 나오는 날이면 비상이 걸렸다. 모여서 발송 작업을 해야 하기 때문이다.

인쇄소에서 인쇄된 회보와 봉투를 받아와서 사무용 풀과 필기도구를 준비해서 작업 분류에 들어갔다. 회보를 접는 파트, 봉투에 넣는 파트, 풀로 붙이는 파트, 겉봉에 주소를 쓰는 파트(이 파트에는 글씨를 잘 쓰는 사람이 배치되었다), 우표를 붙이는 파트, 그리고 직접 우체국에 가지고 가서 발송하는 파트로 나누어졌다. 그러다가 또 한 단계 발전해서 주소 라벨을 동생이나 지인이 컴퓨터로 프린트를 해줘서 직접 주소를 써야 하는 수고가 덜어졌다. 그렇게 회보 작업을 하는 날은 식사를 같이하기도 하고 간식으로 통닭 등을 시켜서 먹기도 했다.

아날로그 시대에서 디지털로 바뀌면서 회보는 인쇄소에 맡기는 번거로움 대신 내가 컴퓨터로 직접 편집해서 전자우편으로 발송했다. 간단하게 혼자서도 할 수 있게 된 것이다. 그리고 칠팔백 명이 넘던 수신자도 줄었으며 대부분 사진 파일로 만들어서 이 메일이나 카톡으로 보내고 있다. 매월도 격월이 되었다. 이제 앞으로 얼마나 더 하게 될지는 몰라도 긴 세월이라는 역사를 가진 회보가 발전해서 '책'이라는 알을 낳게 되었으니 참으로 보람 있는 일이 아닐 수 없다.

앞으로도 할 수 있을 때까지 나는 이 '행복한 부담'을 내려놓고 싶지 않다. 그렇게 사는 날 동안 필요한 만큼의 긴장으로 나를 세우고 싶다.

평생의 기도

새로운 해를 맞을 때마다 그 해(年)는 반드시 새로운 바람(望)이 된다. 마음을 열고 빈 마음으로 한 해를 맞고 싶을 때라도 새해는 바람이 있어야만 한다는 강박관념으로 구태여 바람을 만들기도 한다. 생명이 있는 한 바람이 있으며, 심장이 뛰는 곳에 바람도 함께 숨 쉬고 있음은 '하늘의 무지개를 보면'이라는 시에서도 읽을 수 있다.

'하늘의 무지개를 보면 내 가슴은 뛰나니
나 어려서도 그러했고
어른이 된 지금도 그러하고
늙어서도 그러할진대
그렇지 않으면 차라리 죽는 것이 나으리…'

- William Wordsworth

우리가 그동안 그렇게 수많은 바람 속에서 살아온 것처럼 앞으로도 얼마나 많은 바람들을 가지고 살게 될지 모를 일이다. 이러한 바람 중에는 미래에 대한 원대한 바람뿐 아니라 살아가면서 갖게 되는 사소한 바람들도 있다.

나의 경우 어릴 적에는 언니가 신는 살색 긴 양말이 선망이었다. 너무 신고 싶었지만 긴 양말은 다리가 길어야 신을 수 있다는 어머니의 냉엄한 말씀이 현실을 일깨워 주었다. 나는 그때부터 좋아한다고 해서 다 할 수 있는 게 아님을 알게 되었고 그렇게 애어른이 되어갔던 것 같다.

10대 청소년기에는 청바지가 부러웠고, 20대 청년기에는 종아리까지 올라오는 자주색 부츠가 참으로 멋져 보였다. 30대에는 온 생애를 바쳐 하나님의 사역으로 불사르고 싶을 정도로 가슴이 뜨거웠지만, 40대에 들어서는 저녁 무렵에 장보기를 하는 주부의 한가로운 모습이 부러워질 때도 있었다.

50대에 때로 사역을 내려놓고 싶은 마음이 들기도 했다면, 60대에는 나름대로 주시는 사역을 기쁘게 감당하며 사는 날 동안 몸과 마음이 건강하기를 바라고 있다.

그러고 보면 우리의 바람이란 얼마나 변화무쌍하고 허무한 것인지 그야말로 모두가 바람(風)같은 바람(望)이 아닐 수 없다. 그러나 우리에게는 상황과 기분에 따라서 변하는 불안정하고 허탄한 바람뿐만이 아니라 시공과 상황을 초월하여 일관성 있는

'평생의 바람'이 있어야 할 것 같다. 그것은 적어도 가시적으로 뭔가를 이루겠다는 허탄한 것이 아니라 나와 함께하는 모든 이들과 행복하고 싶은 소박하고 겸허한 바람이었으면 좋겠다.

지혜자 아굴의 기도처럼 수많은 바람의 기본이 되는 온전한 바람으로, 우리 인생과 인격이 그렇게 아름답게 완성되어 가기를 바라는 마음이다.

"내가 두 가지 일을 주께 구하겠사오니 내가 죽기 전에 내게 거절하지 마시옵소서 곧 헛된 것과 거짓말을 내게서 멀리하옵시며 나를 가난하게도 마옵시고 부하게도 마옵시고 오직 필요한 양식으로 나를 먹이시옵소서 혹 내가 배불러서 하나님을 모른다 여호와가 누구냐 할까 하오며 혹 내가 가난하여 도둑질하고 내 하나님의 이름을 욕되게 할까 두려워함이니이다"(잠 30:7-9).